I COULDN'T HELP TO FEEL SAD

I COULDN'T HELP TO FEEL SAD
幸好，还有你。
唯有你，给我勇气，给我坚定，带给我光明……
让我仍相信爱情。
© SOL.Bianca Creation works

I COULDN'T HELP TO FEEL SAD
像
夏花一般妖娆，像罂粟一般致命，
命运像微风拂过般来临，悄无声息。
© SOL.Bianca Creation works

曾用名：《墨染之泪》

让我怎么不悲伤

COULDN'T HELP TO FEEL SAD

I have been watching but the stars refuse to shine
I have been searching but I just do not see the signs
I know that it is out there
There is got to be something for my soul somewhere

胡伟红 著

CNS PUBLISHING & MEDIA 中南出版传媒
湖南少年儿童出版社
HUNAN JUVENILE & CHILDREN'S PUBLISHING HOUSE

图书在版编目（CIP）数据

让我怎么不悲伤 / 胡伟红著. -- 长沙 ：湖南少年儿童出版社，2013.5
ISBN 978-7-5358-9208-9

Ⅰ. ①让… Ⅱ. ①胡… Ⅲ. ①长篇小说－中国－当代 Ⅳ. ①I247.5

中国版本图书馆CIP数据核字(2013)第054694号

PUBLISHING & MEDIA
中南出版传媒

责任编辑：周　霞　罗晓银
品牌运营：Sean.L
特约编辑：李　黎　又　又
视觉监制：611
文字编辑：又　又
装帧设计：小名鼎鼎
插画制作：索 · 比昂卡创作组（戴　琨　童　玲）

出 版 人：胡　坚
出版发行：湖南少年儿童出版社
地　　址：湖南省长沙市晚报大道89号　邮　　编：410016
电　　话：0731-82196340（销售部）　82196313（总编室）
传　　真：0731-82199308（销售部）　82196330（综合管理部）

经　　销：新华书店
常年法律顾问：北京市长安律师事务所长沙分所 张晓军律师
印　　刷：长沙三仁包装有限公司
印　　张：16　　开　　本：710 mm × 1000 mm　1/16
版　　次：2011年8月第1版　　印　　次：2013年5月第4次印刷
定　　价：24.80元

C O N T E N T S

I have been looking for someone to shed some light
Not just somebody just to get me through the night
I could use some direction
And I am open to your suggestions
All I want to do, is find a way back into love
I can not make it through without a way back into love
And if I open my heart again
I guess. I am hoping you will be there for me in the end
There are moments when I do not know if it is real
Or if anybody feels the way I feel
I need inspiration
Not just another negotiation
All I want to do is find a way back into love

C O N T E N T S

I have been looking for someone to shed some light
Not just somebody just to get me through the night
I could use some direction
And I am open to your suggestions
All I want to do is find a way back into love
I can not make it through without a way back into love
And if I open my heart again
I guess I am hoping you will be there for me in the end
There are moments when I do not know if it is real
Or if anybody feels the way I feel
I need inspiration
Not just another negotiation
All I want to do is find a way back into love

PROLOGUE

楔子

TEARS OF DARK INFECTION
掌心的滴泪痣

I have been looking for someone to shed some light
Not just somebody just to get me through the night
I could use some direction
And I am open to your suggestions
All I want to do is find a way back into love
I can not make it through without a way back into love
And if I open my heart again
I guess I am hoping you will be there for me in the end
There are moments when I do not know if it is real
Or if anybody feels the way I feel
I need inspiration
Not just another negotiation
All I want to do is find a way back into love

这是桃子来到孤儿院的第九天。她仍然喜欢窝在角落里远离那些原本对她很友善，现在却总是对她指指点点的小朋友们。说不出为什么，她就是喜欢这样，静静的一个人，远离他们，仿佛稍微靠近就会受到无法修复的创伤。

这是一家规模不大的民营孤儿院，几十个孩子，几间屋子，装修得一般，设施也一般，所有的一切都很一般。

桃子坐在房间最后面的角落里一张坐起来还算舒服的小板凳上。她的小脸上没有太多多余的表情，除了孩子本该有的纯真稚嫩之外，更多的仅仅是冷漠。她做得最多的动作就是举起自己的右手，反复不停地观看着掌心。每当这个时候，她的表情显得格外认真而凝重。

PROLOGUE 楔子

掌心，一颗小小的红痣安静地待在那儿，像一只睡着了的小虫子。她喜欢对着它看，虽然看不出什么，可还是喜欢看。妈妈告诉桃子，掌心的这颗痣叫做滴泪痣。桃子第一次听到的时候，胸口处猛地一颤，毫无缘由地疼了一下。可她还是忽闪着明亮犹如小鹿一样的眼睛告诉妈妈，她喜欢这个名字。

桃子像往常那样观看掌心的时候，院长火急火燎地跑了过来。来到近前的时候，他大口喘着气，好半天才调整好呼吸。

班上的老师有些莫名其妙地询问："出什么事了吗？"

院长表情凝重，眉头不由得皱了起来："快点儿送凌小九去医院！再不去的话就来不及了！"

凌小九就是桃子。

老师像是意识到了什么，恍然大悟似的一把拉起坐在角落里的桃子："别再发呆了！跟我走！"

从孤儿院到医院的路并不远，可是车子竟然开了近一个小时。路面拥挤，车子根本无法移动，到处都能听到喇叭声和人们烦躁的咒骂声。为了快点儿抵达医院，司机只好选择绕路。那条路虽然很偏僻，但绝对不会塞车。

桃子依偎在老师的怀里，不知道将要发生什么。她能做的就是像往常一样将右手举到眼前仔细端详着。那颗痣小小的，红色的，在掌心的正中间……她突然记起妈妈似乎说过一个关于滴泪痣的传说，那个传说很凄美。可是桃子怎么也想不起来了。就在她拼命地从脑海中搜索残留的记忆时，车子后方突然传来猛烈的撞击声，紧接着车身一阵摇晃。老师惊叫起来，桃子还没明白是怎么回事，后面又有东西撞了过来。车门打开了，桃子跌了出去，整个世界天旋地转……

命运就是喜欢这样开着令人措手不及的玩笑。而这个玩笑开启的时候，脆弱的人们往往只能选择欣然接受。

凌小九，小名桃子。九岁。她的命运注定无法掌握在自己手里。

CHAPTER 01

第一章

TEARS OF DARK INFECTION

I have been looking for someone to shed some light
Not just somebody just to get me through the night
I could use some direction
And I am open to your suggestions
All I want to do is find a way back into love
I can not make it through without a way back into love
And if I open my heart again
I guess I am hoping you will be there for me in the end
There are moments when I do not know if it is real
Or if anybody feels the way I feel
I need inspiration
Not just another negotiation
All I want to do is find a way back into love

SERIES OF DARK INFECTION

很多年之后那场车祸在桃子的记忆中已经变得很模糊了。除了她在医院躺了整整一个月之外，司机和老师并没有受伤。警方也没有找到当时那辆拼命追赶撞击他们的车，那辆车就像从人间蒸发了一样没有了踪影。不知道肇事的人是无心的还是有意的，总之那次事故就像一个谜团，直到现在也没有解开。

桃子躺在沙发上向安哲一讲述这些的时候，仿佛一切跟自己都没有关系，口气无比轻松。如果不是安哲一突然问起她肩膀上的那块疤，她几乎已经忘记了那次的事。

安哲一半靠在床上，裸露着上身，下半身穿着一条发白的牛仔裤。他的皮肤也许是经常暴露在外面的缘故，被晒成了诱人的古铜色。手臂上有几处明显的伤痕，好像已经很久了。在桃子的记忆里，他是个很容易受伤的男孩，身上总能找出各种各样的伤。可他从来不喊疼，有时还会津津乐道它们的由来，带着几分盲目的自豪。当然这些伤痕并没有对安哲一的英俊造成影响，因为他的脸干净得出奇，精致得犹如一件出色的雕刻品。

桃子翻了个身，仰起脸朝他的方向看去，看见这个家伙正在摆弄手里的钥匙，桃子忍不住嗔怪："你有没有听我讲话？"

"一直在听。"

"我肩膀上的疤就是那时候留下的。"

安哲一把钥匙丢在一边，凌乱的碎发遮住了他的一只眼睛，露出来的那只仍然散发着难以掩饰的妖气。他的身上的确有一种妖娆的气质，坏坏的，却充满魅力。即使不笑的时候，他的嘴角看上去也是微微翘起的，像绽放着一朵罂粟花，迷离而魅惑。

他冲她使了一个眼色。

桃子心领神会地从沙发上爬起来，懒洋洋地躺到床上，钻进他的怀里。她喜欢闭着眼睛伸出手指在他的胸肌上画着圈圈，像是在勾勒他肌肉的形状，又像是在胡乱涂鸦。可不管怎么样，这怀抱都让她觉得格外温暖而踏实。

桃子喃喃地说着："我觉得你还是应该继续念书，不然你能去干什么？"

"呃。我没说不念哪。"

"那你是什么意思？"

安哲一低下头在她的额头上轻轻吻了一下，随后开始不正经地拨弄她的头发："只是随便找个打工的地方。你看，我已经离开孤儿院了，总得想个养活自己的办法。”

对于这一点桃子并不是很担心。因为在她看来，没有什么可以难得倒眼前的家伙。

从桃子在孤儿院里第一次见到他开始，他就已经是这个样子了。那是她出院后的第二年，安哲一被两个表情冷漠的人送来。当时他就站在院子里，午后的阳光暖融融的，照在他满是固执的小脸上，将他棱角分明的脸庞勾勒得异常清晰。

桃子并不知道什么是天使，可在那一刻，她忽然觉得安哲一的背后长出了一对金色的翅膀，一直延伸到半空中。于是她第一个走过去，把手里的玩具递到他面前问道：“这个坏了，你能帮我修好吗？”

后来他真的修好了。

孤儿院里有很多孩子都很怕安哲一，他们觉得尽管安哲一是这里最漂亮的孩子，可他很凶，身上有一股说不出的霸气。他并没有欺负过他们，可他们还是怕他。也许是因为安哲一先后被收养了很多次，却总是没过多久就被收养的人家退回来，所以孩子们得出的结论是他很坏，很爱闯祸，不然为什么没有一家人愿意真正留下他？

从来没有人要收养桃子，尽管桃子是女孩子当中最乖巧可爱的。她自己也不知道为什么，当然也并没有因此而失落。特别是看到安哲一一次又一次地被送回来，她反而庆幸没有人要收养她。每次他回来都站在院子里大叫一声：“我回来喽！”桃子就会笑嘻嘻地跑出去，好像他仅仅是出去玩了几天，现在回家来了一样。

他们经常在一起，后来就真的在一起了。

不过，现在有那么一点点变化，安哲一过完十八岁生日之后就搬出了孤儿院，住在一个朋友帮忙找的旧房子里。桃子不认识他的那个朋友，只见过一次，那人看起来很狡猾，桃子觉得他不是好人，可他帮了安哲一，所以她把他当成好人。桃子想等自己明年满了十八岁也搬出来，搬来安哲一住的地方。她吃得不多，她觉得他可以照顾好她。

安哲一送桃子回孤儿院的时候，看见门口停着一辆三开门的轿车。车身很长，通体黑色，车头上的标志十分醒目，被阳光一照闪闪发亮。司机是个戴着墨镜的男人，机械地坐在驾驶员位子上，表情冷酷麻木。

九月的天气仍然保持着夏末的燥热，路边树枝上偶尔传来知了的鸣叫声，延伸至孤儿院的巷子里几乎没有什么行人。桃子眯起眼睛盯着那辆惹眼的黑色轿车看。尽管不知道那是什么车，但是她在电视上看到过，从那样的车里走下来的都是大人物。

安哲一的手轻轻地搭在桃子的肩膀上。他也眯着眼睛，眼神意味深长，浓密的睫毛在眼角处投下一抹阴影。他的睫毛很好看，长长的像两把精致的小刷子，漆黑而整齐。

“又有人要离开这里了。”他一边说一边伸出手习惯性地在桃子的脸颊上捏了两下，以此拉回她的注意力，“我就送你到这里，进去吧。”

不知道为什么，桃子有了一种不太好的预感。她任性地拉住安哲一的手臂，咬着嘴唇固执地摇了摇头。

“喂！再磨蹭下去万一被里面的家伙听到动静，到时候又有麻烦喽！”安哲一眨了眨眼睛，装出一脸苦相。

他的话音刚落，果然就从大门里传来一个响亮的声音。这声音听起来并不陌生，桃子几乎每天都能听到，而安哲一选择离开孤儿院或多或少和这声音的主人有关系。

“露屁屁外星人！我是露屁屁外星人！”

午后的阳光总是这么暖融融的，周围的一切被照得都像是快要睡着了一样。一旦有什么将它们吵醒，原本的宁静便会随之消散。

桃子无奈地将头靠在安哲一的肩膀上，像一只泄了气的皮球。说实话，她也拿那个小恶魔没办法。打或者骂都不能解决问题，更何况对方是个有着天使容貌的恶魔，谁能忍心“痛下杀手”？

几秒钟之后，龙龙的身影出现在两人的视线里。和以往的装束差不多，他喜欢把裤子脱到膝盖以下，然后模仿小新的样子摇着小屁股走出来。这是个可爱又可怜的小家伙，可爱的是他漂亮得让很多人错把他当成混血儿。几乎整个孤儿院的人曾经举手表决过，如果龙龙进军演艺圈绝对能成为当年最受欢迎的童星。可怜的是他连自己的父母是谁都不知道，从出生的那一刻开始就注定了他要过着颠沛流离的生活。他曾先后被人贩子倒卖过三次，一年前被解救出来，然后被送到孤儿院。当时他身上有很多伤，听说他的最后一任养母的精神有问题，所以他受了很多苦，那年他只有三岁。

安哲一的第一反应就是转身，紧接着用最快的速度逃离这个巷子，然而他的动作每次都比龙龙的声音慢一拍。

“哲一哥哥，你讨厌我了是不是？你居然……你居然……”

眼泪并不是万能的，但是小孩子的眼泪往往就是有这样的魔力。特别是长着一副天使面孔的小孩子，忽闪着那双犹如水晶一般闪亮的眼睛，向你投来可怜兮兮的目光，他的目光那么纯真无邪，他的声音里充满哀求，也许他要的仅仅是一个拥抱。如果此时此刻有人能狠心地大步离开，那么下一秒他就会成为万人唾骂的罪人！

这就是安哲一每次都乖乖就范的原因。他实在不想当罪人，尽管他心知肚明，那个小浑蛋根本就是个恶魔！那天使般的模样不过是用来掩人耳目的。可有什么办法，他就是被他吃定了！

桃子知道接下来会发生什么事。她十分同情地望着安哲一，内心却不知道为什么竟然有一点点期待。有好几次她真的很想转过身去，可少女的羞涩还是打败了她内心的悸动。她曾经对自己说过，这没什么大不了的，不是经常看到龙龙光溜溜的小屁股吗？只是看一看没什么关系。可她马上又意识到，毕竟安哲一已经十八岁了，而龙龙只有四岁半，这两者之间有着很大的差别。

龙龙光着屁股一路扭了过来，中途有一次还差点儿被自己的裤子绊倒。安哲一眼疾手快一把将他拉了起来。

“小鬼！今天就放过我吧。”安哲一笑嘻嘻地讨好道，“下次带糖来给你吃。”

“那你下次带糖给我吃。”龙龙忽闪着大眼睛，抿了一下嘴唇算是妥协了。

桃子觉得事情不会这么简单就结束。

安哲一将他放到地上。龙龙的一双小手立刻抓紧安哲一的裤子：“那这次作为惩罚，我们一起来跳‘大象舞’吧！快点儿！快点儿！”说着又开始前后扭动起来，那原本应该充满纯真的眼睛里划过一抹诡异而暧昧的光，“来嘛！大象……大象……你的鼻子为什么这么长……”

“果然是这样……”

安哲一无奈地望了一眼桃子，而桃子也是同样的表情。自从这个小恶魔来到孤儿院，这里平静的生活就被打破了。受苦的虽然不止安哲一一个人，但龙龙就是对他“情有独钟”，于是一些幸灾乐祸的人衷心期待着小恶魔成长为大魔王的一天！

当然和被公认为最英俊潇洒的哲一哥哥一起跳“大象舞”是龙龙最喜欢做的事情之一。

“小鬼，用不着每次见面都要跳这支舞吧？”安哲一嬉笑着打算做最后的反抗。

龙龙眯起眼睛，仰起小脸用威胁的口吻问道：“大哥哥，你在和我讨价还价吗？”

桃子“扑哧”一声笑出来，劝道：“依我看，你还是认输吧。”

安哲一换上一副不正经的表情，耸耸肩回答：“好吧！如果连你也很想看，那我只好牺牲一下了。”说着伸手去解腰间的皮带。

“谁说我想看了！”桃子嘴硬地说了一句，赶紧转过身。

背后传来龙龙心满意足的声音：“这样就对了嘛！不然我真的会把我们之间不可告人的秘密说出去哦！”

“鬼灵精！”安哲一用力地在龙龙头上摸了一下，随后认命地将裤子褪下来……做这样丢脸的事情已经不是第一次了！可有什么办法？这里是孤儿院，他知道，他们都缺少什么。就像一对在寒冬的深夜迷失方向的流浪猫，它们能够做的只有相互依偎来获取一点点温暖。如果偶尔丢一下面子能够换来一个孩子的笑容，安哲一觉得这还是值得的。

“大象……大象……你的鼻子为什么这么长……”

龙龙稚嫩的声音第三次响起的时候，一个女孩的身影出现在巷子口。桃子愣了一下，还没来得及看清楚对方的样子，惊叫声就差点儿刺穿她的鼓膜：“啊！下……下流！”

女孩手里的冰激凌“啪”的一声掉在地上，随后她逃命似的消失在所有人面前。她出现得很突然，桃子只记得她穿着月白色有蕾丝边的裙子。几秒钟之后她居然有些忌妒那个女孩了，因为女孩看到了自己一直好奇并且无数次想鼓起勇气去偷偷看上一眼，然而都以失败告终的“禁地”。

龙龙“嘿嘿”地笑了两声，扭着小屁股朝女孩消失的方向追了过去：“大姐姐，我们来约会好不好？”

安哲一英俊的脸微微扭曲，像是喉咙里卡了一块有毒的苹果。不过桃子回过头的时候，他还是故作镇静地摊了摊手：“我是被那个四岁小鬼强迫的，你得证明我的清白！他比我下流！”

一片云飘过巷子上空，大半的阳光被遮住了。桃子的目光越过安哲一，不经意地落在那辆黑色的轿车上。它停在那儿，司机依旧神情麻木。

花町市地处东南沿海，是一座位置隐蔽的岛屿城市。这里不仅有丰富的水利、渔业、森林资源，还有很多金属矿产。在这座富饶的城市里最赫赫有名的便是展氏财团。它的经营范围分布广泛，多半延伸至国外，资金流动量非常庞大。然而外界对展家了解并不多，除了几次以慈善为目的的基金会成立时，展氏财团的董事长亲临现场，被媒体抓住机会着实在头版头条曝光了一番之外，其他时候很难见到他。因为展家平日里行事风格很低调，对于外界传闻也完全是一副置之不理的态度，所以关于展氏财团的一切，很多人仅仅知道几个惊人的数字而已。

这座车水马龙每天都蓬勃发展的城市，到底承载了多少像展家一样的“神秘客”，等待人们去发现，去探索，去触摸呢？

九月，花町市一切如故。

街道上依旧随处可见川流不息的车辆，斑马线的两端总是站满神情冷漠的行人。空气中仿佛蕴藏着说不出的紧张感，所有的节奏都那么急促。

展千羽漫不经心地站在橱窗前发呆，透明的玻璃映出他精致白皙的面容。这是他回国后的第九天，这座城市里的一切对于他来说都是陌生的。在来往的人流中，他一袭白装的身影格外惹眼：白色带暗纹的衬衣，白色的休闲长裤，就连戴在脖子上的皮质饰物也是白色的。他向来喜欢简单纯粹的打扮，可不管如何打扮，他都是人群中与众不同的那一个。

亚麻色的头发在阳光下闪烁着绸缎一般的光泽，尽管没有经过特殊打理，可它们总是能乖巧地将那张棱角分明的脸衬托得越发完美。展千羽很讨厌自己过于细致的皮肤，他从不刻意去保养它，然而他的皮肤仍然让很多女孩子都忌妒得发狂。

他站在那儿，双手插在口袋里，若有所思地注视着橱窗，像一座精美的雕塑，浑身上下散发着与众不同的气质。不过没有人知道这个外表儒雅安静的男孩到底在想什么。他深深地沉浸在自己的世界里。

展晴雯气呼呼地出现在他面前的时候，展千羽并没有将视线拉回来。

“浑蛋！浑蛋！浑蛋！”展晴雯的脸色一阵红一阵白，她气得直跺脚，“哥，你知道我遇到什么事情了吗？今天真是倒霉透了！早知道这样就不该来凑热闹！”

见展千羽没有反应，展晴雯伸出手在他面前晃了晃，指着橱窗里的东西抱怨起来：“有没有搞错？这里是女用内衣店！哥，你在国外染上什么不良嗜好了吗？”

展千羽毫无表情的脸终于有了一丝变化。其实对于这个聒噪的妹妹，他并没有太多感觉。也许是至今就没在家待过几年的缘故，兄妹间真正相处的时间少得可怜，亲情自然非常淡薄，而且他也并没有在看什么内衣，如果不是展晴雯提醒，他压根儿没有注意到橱窗里摆的是什么。他只是站在那儿思考一些事情，仅仅是站在那儿而已。

十天前他接到越洋电话：展氏财团董事长病危，需火速回国。如果说展千羽对整个家族的感情都很冷淡，那么唯独对自己的爷爷，也就是突然传出病危消息的那个人有着特殊的情感。于是第二天他的身影便出现在了花町市。

他思考的并不是身体一向很好的爷爷为何突然病危，而是接到电话之前收到的一个包裹……对于展千羽来说，那分明是一枚炸弹，他的世界被彻底摧毁了！

“并没有人一定要让你跟来，不是吗？或者你应该乖乖地待在车里。”他注视着面前的人，语气格外冷淡。

“哥！你这是什么意思？你都不问我到底遇到了什么可怕的事情吗？”展晴雯快要被气死了，从小到大除了这个哥哥之外，根本没有人敢给她脸色看。她越是想好好儿地和他相处，享受一下被宠爱的感觉，他越是离她远远的，压根儿不把她当回事。

“既然你现在好好儿地站在我面前，那就证明不管是多可怕的事情都没能伤害到你，对不对？”展千羽深邃的瞳孔里映出一张美丽却任性的脸庞，“好了，我看，我们还是回到车上去吧。”

“不——要！”展晴雯果断地拒绝，“我可不想再回到那条巷子！我从来没见过那么下流的人！哥，你送我回去。”

“我帮你叫车。”

“我说的是让你亲自送我回去！回家去！”

展千羽眯起眼睛，他仍然如王子般优雅。几秒钟之后他平静地在路边拦下一辆出租车，极其委婉但果断地将展晴雯塞进车里。

“讨厌！讨厌！你是最讨厌的人……”

喧闹的街头，出租车扬长而去。展千羽最后听到的抱怨声只有“讨厌”两个字。他不经意地抬起头，蔚蓝的天空中刚好有一只鸟鸣叫着飞过。他的脑海中不停地盘旋着同一个问题：到底是谁把那些东西寄给自己的？

桃子费力地追回龙龙。她可不希望这个小恶魔光着屁股跑到马路上骚扰更多的人。当然安哲一已经怀着十分郁闷的心情“逃”走了。他今天被一个陌生的女孩子看到了非常重要的部位。并不是对自己的身材没有信心，只不过安哲一觉得它第一次的纯洁应该留给桃子，而且影响他心情的不全是这个，还有一个问题是他怎么也想不明白的——男生看女生是下流，男生被女生看了为何仍然要被骂下流？

见到那辆高级三开门黑色轿车，桃子总有一种不太舒服的感觉。尽管来领养孩子的家庭中，不乏位高权重之人，桃子也很希望身边的孩子们能有一个幸福的归宿，但是今天的感觉就是很奇怪，到底是哪里不对呢？

龙龙摇着小屁股走进门，院子里无比安静。

桃子走进屋的时候，在场的所有人都将目光集中在她的身上。就像她是第一次来到孤儿院的陌生人，就像他们从来没见过她。那些异样的目光越发加深了桃子心里的不舒服。她觉得今天一定有什么不寻常的事情发生，一定。

几分钟之后，她的预感被验证了，这次要离开孤儿院的不是别人，正是桃子自己。她怎么也没有想到自己会被领养。不！严格说起来这并不能算是领养。这里面的原委很复杂，真的很复杂。

桃子被叫进院长室的时候还没有意识到将要发生什么，但是她像做梦一样听完整个故事之后整个人变得恍恍惚惚的。

院长站起来对她说："孩子，这是真的。现在你的外公病危，你要回家，你要认祖归宗，你要……"话还没有说完，院长就哽咽起来，眼睛里满是泪水，桃子在这里生活了很久，没有人领养她，这里的人也没想过她会离开，院长上了年纪，变得容易伤感，"你要走啦！以后要听家人的话，要好好儿照顾自己。"

院长室的长沙发上坐着一对沉默不语的中年人，年龄都在四十岁左右，打扮得庄重高贵。女人戴了几件看上去价格十分不菲的首饰，男人手腕上赫然戴着一块名贵的金表。他们是展氏财团董事长的二女儿和女婿。

大家族里的一些事情总是超出普通人的想象。在花町市，展家无疑是最有头有脸的人家。没人会想到，展氏财团一直低调处事，不愿意过多曝光的真正原因仅仅是到了展老先生这一代，展家已经没有可以继承家族事业的男人了。这是展东海一直都耿耿于怀的地方。尽管有两个女儿，然而女人是要嫁出去的。不管哪个女儿嫁出去，都意味着展家的财产、名望、声誉要划分到外姓人的手里，几代人辛苦积攒下来的一切必将付诸东流。这样的遗憾是展氏财团的遗憾，更是展东海的遗憾。

偏偏董事长夫人在生下二女儿之后便无法再生育了。于是展东海思索再三，并没有像有人提议的那样离婚再娶，那样的做法未免太不道德，况且孩子是无辜的，就算是女儿也应该给她们一个完整的家庭，一个幸福的家庭。退一步考虑，大家族里的婚姻是很微妙的，展东海的心里还有另外一个打算，如果在二十几年后找到门当户对又愿意入赘的女婿，展家还是有希望的。对于可以呼风唤雨的展氏财团来讲，这不算一件难事。

展千羽和展晴雯便是展氏财团二小姐所生。从姓氏上来看，展东海的确实现了当初的计划，展氏没有落入外姓人手中，而展千羽又十分优秀，不管从哪个角度看，都是最适合的继承人。

不过……这一切都能顺理成章地进行下去吗？已经有一场意外发生了，已经有一些事超出了展东海的控制，早在十八年前他的计划就有一半宣告失败了，不然桃子今天就不会生活在孤儿院里。

桃子，大名凌小九。她姓凌。

而她的母亲正是展氏财团的大小姐。

一些事情是冥冥之中早就注定好的，谁都无法改变。

这便是命运，在劫难逃的命运。

院长把桃子搂进怀里，搂得很用力。

“好了，时间差不多了，我们还有事情，不能多耽搁了。”莫涛站起来望了妻子一眼。四目相对的一瞬间，两人似乎以最快的速度用眼神交换着复杂的信息。

这一切都发生得太突然，以至于桃子自始至终完全像傻了一样，没有说一句话，甚至脸上连个像样的表情都没有。她觉得这一定是个梦，说不定是自己产生了幻觉，等一下刚才发生的一切就全都消失不见了，一切就都恢复正常了。

然而她还是被带出了院长室，带出了孤儿院。

门口停着那辆黑色轿车，司机像个木头人一动不动。

莫涛皱了皱眉，对悠闲地走进巷子的身影说：“千羽，不是让你们在车里等着吗？我们要回去了。”

已经将半个身子探进车里的展静闻声又退了出来，伸手仪态万千地扶了一下鼻梁上的眼镜：“雯雯去哪儿了？她没在车里。”

桃子和院长站在门口的台阶上，龙龙的哭声从屋子里隐隐约约地传来。桃子突然觉得心里一阵难受，像是从梦中惊醒，慌乱地向后退了一步，差点儿摔倒在地上。

她固执地盯着面前的人，大声喊了起来：“我不走！我不走！”

“胡闹！”莫涛的脸色变得越发严肃，狭长的眼中闪过一抹阴霾，“你要去的是展家！大名鼎鼎的展氏财团！知道这意味着什么吗？”

展静轻咳了一下，像是在示意自己的丈夫。她化着精致彩妆的脸上并没有多少亲切，从她看桃子的眼神里隐隐可以感觉出一丝厌恶。

“我不管什么展氏财团！我的家就在这里！就是这儿！”桃子坚定地指着身后的孤儿院，不顾在一旁阻拦自己的院长继续说，“你们一定是哪里搞错了吧？一定是的！我只不过是个孤儿，而且也从来没打算被领养……”

“这并不是什么领养。”展静冷漠地打断她，“尽管这件事情很突然，不过眼下你必须接受一切。因为在接下来的日子里你要学的东西很多。我不希望在这件事上浪费太多的时间。”

桃子拼命咬着嘴唇，红润的唇渐渐发白……

院长轻轻拍了拍她的肩膀：“孩子，这是好事情，不要担心太多。”

不要担心吗？不！她怎么可能会不担心！十天前的一个早上，桃子莫名其妙地收到一封信，白色的信封就那么鬼使神差地放在她的枕头下面，信是打印出来的，信上没有署名。她不知道是谁放的，更不知道是什么时候放在那儿的，然而她记得很清楚，前一天晚上自己躺下的时候，枕头下面什么都没有。

当时桃子以为是哪个孩子搞的恶作剧，然而现在看来，它就像一个预言，上面说的一切在这一刻都实现了。信上说，十天之后会有人来带走桃子，要桃子千万不要去，那是个危险的地方，一定要想方设法留下来，不要告诉任何人信的事。

信的内容大致就是这样的。不过桃子并没有完全理解它的意思，当然也没有放在心上。至于信……她忘记放在哪里了。

千万不要去……

这几个字猛地出现在桃子的脑海中，像一种可怕的咒语让她顿时浑身一颤。

先不管展氏财团的来头，桃子从来没听妈妈提起过展家的事。为什么她要刻意隐瞒呢？还有那封信该如何解释？到底是谁预先知道这一切？又为什么说展家是个危险的地方呢？

有太多的疑问！桃子真后悔没有把信的事情放在心上，真后悔连安哲一都没有告诉。现在怎么办？要跟他们离开孤儿院吗？

“是的。并不需要担心什么。”莫涛若有所思地凝视着桃子，他的眼里弥漫着诡异的气息，像是随时会从里面喷射出什么可怕的气体，让桃子遍体鳞伤，就连他说这话时的语气也格外低沉。

展静已经不耐烦地先上了车。

这时展千羽已经从巷子口走到了近前。他的身影像一缕明媚的阳光，让周围凝重冰冷的空气顿时变得温暖了一些。

莫涛恢复神色冲他问道：“雯雯呢？”

“已经先回家了。”

“这个丫头一定又任性了！”莫涛抱怨了一句，俯下身子准备上车。

展千羽的目光却不经意地落在了桃子微微发白的脸上。那是一张透着几分倔犟却十分细腻的面容，带着少女的纯真，却有着和展晴雯完全不同的感觉。五官的轮廓精致而小巧，显然是个天生丽质的美人胚子。不过展千羽在她那潮湿的眼底看出了一丝阴郁，那是与她的年龄不相符的神情。

他在车门处停下脚步，优雅地说：“上车吧，不要让大家等太久。”

桃子第一次见到如此安静儒雅的男生，带着一种和安哲一完全不同的气质。那么高高在上，神圣不可侵犯。这是一个像王一样的少年。不过他平静的话语似乎有一种特殊的魔力，让桃子短暂地忘记了刚才慌乱恐惧的心情，竟然无法反抗地上了车。她甚至忘记了跟院长道别，忘记了还在屋子里哭个不停的龙龙，忘记了没有通知安哲一。

黑色的轿车开出巷子，驶上车水马龙的街道，眼前变得喧闹嘈杂。桃子低着头，掌心的那颗红色滴泪痣依然像小虫子似的睡在那里。她凝望着它，脑海中突然安静得可怕。

对面的展氏夫妇继续用复杂的目光交流着什么，而她的身边坐着雕塑品一般完美的展千羽。那个少年是如此安静，谁也看不出他在想些什么……

桃子猜不出等待她的会是什么——

天堂……抑或万劫不复的深渊？

CHAPTER 02
第二章

TEARS OF DARK INFECTION

I have been looking for someone to shed some light
Not just somebody just to get me through the night
I could use some direction
And I am open to your suggestions
All I want to do is find a way back into love
I can not make it through without a way back into love
And if I open my heart again
I guess I am hoping you will be there for me in the end
There are moments when I do not know if it is real
Or if anybody feels the way I feel
I need inspiration
Not just another negotiation
All I want to do is find a way back into love

SERIES OF DARK INFECTION

花町市花帝学院是有展家一半股份的半私立学校，地处花町市东部最繁华的街道上，被高档住宅以及齐全的周边设施包围着，占地面积巨大，初、高中部校舍分开。

展东海是花帝学院的名誉校长，不过他从未参与过管理，甚至连一次正式的讲话都没有过。他所做的只是每年以展氏财团的名义向学校拨款，用来不停地扩建、翻新校舍，添置最先进高档的教学设备。保证在这里读书的每一位学生都能得到最好的教育，享受最完善的教学体制，体会最温馨的校园生活。当然，与此同时，这里的学生也要支付昂贵的入学费用。另一方面花帝学院也会为品学兼优但是家境不好的学生提供特殊待遇，不过这都是后话。

CHAPTER 02 第二章

学校里不乏消息灵通、并且父母在生意场上与展家有关联的同学。于是展东海近日被突然查出身患绝症的事一时间在学校里传得沸沸扬扬。如果不是展晴雯回家念叨此事，莫涛及时出面向校方说明情况封锁消息，恐怕一夜之间全市报纸的头版头条全会刊登出这则爆炸性的消息。不过，现在这些消息全都销声匿迹了。展家出面，一些事还是很容易办到的。

展晴雯穿着花帝学院高中部的蓝色校服，从车里下来的时候，脚下一绊差点儿摔倒。她气鼓鼓地抱怨起来："讨厌！好好儿的什么都变了！现在连路都要和我作对！"说罢，还不忘回头冲正走下车的桃子投去不屑的目光。

经过了三天的时间，桃子基本上已经从浑浑噩噩的状态中清醒过来。这的确不是什么领养。她——凌小九居然是展家大小姐的孩子，这是认祖归宗。当然也可以说是展东海在弥留之际的良心发现。这简单的来龙去脉是桃子从展晴雯的口中得知的。因为在诺大的展家，似乎没有人愿意和桃子说些什么。展静和莫涛，一个整天往公司跑，一个整天往医院跑。他们两个人总是表情冷淡地出现，又神色黯然地离去，仿佛在别墅里短暂的停留不过是用来换换衣服，补充一下睡眠。一个奢侈豪华的家，对他们来说仅仅是大型更衣室、临时休息室、快餐店而已。

展千羽在国外主修的专业很多，他是个天才，突然回国之后学业暂时放下了，因为不知道要停留多久，所以无法安排什么。只是这次回来他比以往还要安静，除了吃饭时间之外，大多时间只待在自己的房间里，偶尔会在温室里摆弄那几盆刚开放不久的花。据说那花很珍贵，然而桃子并不知道它的品种。只是每次从窗口望下去，她都能看见对面明亮的落地窗内的身影格外优雅宁静。展千羽总是穿着白色的衣服，不过任何白色都不及他自身的气质来得纯净圣洁。

桃子被安置在展家的别墅内，却意外地没有被召唤到医院去见展东海。不仅是她，展千羽回国之后也并未见到过外公。既然病危又为什么避而不见呢？这是他们各自都想不明白的地方。

莫涛说让桃子转到花帝学院是展东海的决定。他让他们暂时好好儿照顾她，其他的仍然没有任何改变。在这三天时间里，桃子一直待在这座大得出奇的别墅里，无奈地接受所有奢侈的安排以及展晴雯从不同角度投来的白眼。她唯一心急的就是没有办法出去联系安哲一，她得让他知道这一切，必须让他知道。

直到刚才车子停稳的前一刻，桃子还在思考着要不要找个机会逃出新学校跑去找安哲一。

“傻姑娘！你到底要在那儿站到什么时候？”在桃子发呆的工夫，大步朝前走的晴雯已经转过头来不耐烦地催促道，“如果不是外公叮嘱，谁会管你！哼！”

桃子满不在乎地拎着书包跟上去，这几天她已经摸清了这位千金小姐的脾气。她不怕她，只是有时候懒得理会她，多一事不如少一事。

“哦，对了，凌小九，别和周围的人提起你是谁！你看，你姓凌，这叫我们展家的脸往哪里放！”展晴雯的脸上流露出一丝厌恶。

桃子却好心地提醒她：“如果你不想让别人知道我是谁，那么就把声音放小一些，而且从明天开始恐怕也不能和我坐一辆车来了，这样很容易被发现。”

“你说得对！”展晴雯恍然大悟，自己怎么没有想到呢？早知道这样应该叫另外一个司机送自己来，而且还要装出不认识她的样子，这样就不会有人怀疑了。失策啊！失策！

几秒钟之后，她反应过来，不服气地低吼道：“这些我当然知道！谁叫你多嘴了！快点儿走！我还要带你去教务处报到！”

桃子没再说什么，心里却觉得好笑。她发觉眼前的女孩除了脾气很臭之外，脑袋里面也没什么东西。她深呼吸了一下，清晨的空气中有着淡淡的潮湿的味道。面前是一座规模像皇宫一样大的校园，所有的建筑都那么高贵豪华。桃子觉得她本不该属于这里，可是现在她必须要走进这里。一切就是这样开始的。

青石板铺成的道路上往来着一早来上课的学生。空气中弥漫着植物清新的香气。树林里偶尔还有鸟鸣声传来。

各个功能区都被巧妙地划分开，在设施完善的花帝学院，每个人的确可以享受到前所未有的待遇。

主教学楼的西面便是高中部的教员集中地，教务处就在二楼的第一间。良好的采光效果让每一位在这里工作的人都感觉心情格外舒畅。这里除了舒适的办公桌和沙发，还配备了各种各样的设施来保证教员们的正常工作。

教务处的门外，展晴雯面向窗外站在楼道里，心情烦躁不安。她实在不明白，为什么会凭空多出来这样一个女孩！她习惯了家族中的一切，在她看来展家是不该有什么变化的，可是……她握紧拳头，心有不甘地跺了一下脚，那次意外之后就什么都改变了！该怎么办？到底该怎么办？

就在这时，口袋里的手机不安分地震动了起来，展晴雯将手伸进口袋里。

屏幕上显示的果然是那串让她心烦的号码，可她还是按了接听键。

“不是说过不要在上课时间给我打电话吗？你以为所有学校都和你们那所垃圾学校一样，是不是？”她把所有的怒气都发泄了出来。尽管发生了那次意外，不过局面还在她的掌握之中。她是展晴雯，大名鼎鼎的展氏财团的一分子。那个家伙能拿她怎么样？

电话那头传来一个带着笑意的男声："大清早的火气就这么大吗？到底谁惹到你了？告诉我！我帮你教训他！"

展晴雯根本不领情："你！我在跟你讲话！为什么又在这种时候给我打电话？你把我的话当耳旁风是不是！宁浩，你别以为……"

"好好好……"宁浩没等她发完火就做出了让步，"我可没打算用那件事情来要挟你，况且那晚你的确是自愿的，既然你展小姐不想承认，那我们就当从没发生过好不好？"

"怎么可能当没发生过！你是笨蛋吗？"

"我没想怎么样啊？先不谈这个。"宁浩在电话那头笑得赖皮，话锋一转说，"今天放学我去接你，晚上在老地方有个派对，你也来热闹热闹吧。"

握着电话的手渐渐收紧，展晴雯一字一句地问道："你真以为我会和你们这些人混在一起吗？"

宁浩在电话的另一端沉默了几秒钟。突然的沉默让气氛变得有些诡异。窗外隐约传来吵闹的声音，几个学生嬉笑着在搬实验课要用的器具。

"喂！你这是什么意思？少装深沉！难道我说错了吗？你们什么身份，我是什么身份？"

"那又怎么样？"宁浩之前声音里的笑意完全不见了，取而代之的除了严肃还夹杂着一丝说不出的阴冷。尽管看不到他此时此刻的表情，展晴雯还是忍不住颤抖了一下。

宁浩接着说："到了这种时候你还在假装清纯高傲吗？就像你从来没在我们中间出现过？展小姐，你这分明是在自欺欺人。"

CHAPTER 02 第二章

展晴雯觉得浑身上下都被一股冰冷的感觉侵占，连细胞都在一瞬间僵住了。她无法发出任何声音，像是猛地失去了所有的知觉。是啊，宁浩说得没错。身份又能怎么样呢？身份除了能给她带来奢侈的生活之外，还将孤单与枷锁一并给了她。于是她选择放纵，选择了一条陌生而又危险的道路。结果……展晴雯闭上眼睛深呼吸了一下。

"好吧，那我们就这样说定了。放学后我来接你，后门见。"宁浩自顾自地挂上电话，他仅仅是在通知她一声。

教务处的门"咔嚓"一声打开了，桃子从里面走出来。

展晴雯慌乱地将手机塞回口袋里，刚才的脆弱表情也一瞬间消失不见。她转过身，紧皱的眉头表现出不耐烦："怎么这么久？我腿都站麻了！"

桃子无辜地回答："要填几份表格。"

"算了！赶快去上课。教室在隔壁那栋楼上！"说完展晴雯迈开步子，头也不回地独自朝楼下走。

她的心里有一小簇即将泯灭的火苗，因为刚刚的电话却又燃烧了起来。然而她很清楚这飞蛾扑火般的选择最后带来的结果是什么。展家，会允许这样的她存在吗？展晴雯忍不住咬紧了嘴唇。

花乐高中大门外，宁浩心满意足地收好手机，背后突然响起引擎的声音，这声音是他再熟悉不过的了。宁浩转过头，看到果然是安哲一。

"不怕再被主任看到？会被没收的。"宁浩在安哲一的头盔上敲了敲。

安哲一将摩托车停稳，熄火，单脚踩在地上，随手把头盔摘下来。清晨的阳光下，他的眼睛格外有神："又不是第一次了，大不了再说点儿好听的。喂！你不会真的怕了吧，车呢？"

宁浩指了指学校对面的一个小区："停那边了。多一事不如少一事，那老头子脸黑得很！我可不想再被请去'喝茶'了。我看，你也和我一样把车停过去吧。"

安哲一眯起眼睛想了想，觉得有点儿道理，何必总是拿热脸去贴冷屁股呢。他索性下了车，推着车和宁浩一起朝马路对面走去。

"晚上有派对，你去不去？"宁浩边走边问。

"还不是一群人疯在一起，不感兴趣。"安哲一摇了摇头。

"学乖了？把你女朋友也带来，好几天没看见她和你在一起了，吵架了？"

真是哪壶不开提哪壶！安哲一的脸上扬起一抹不悦。

宁浩看出端倪，马上来了兴趣，一把揽住安哲一刨根问底："真被我说中了是不是？你小子也有今天？我就知道一物降一物，乖乖赔礼道歉去吧！"

"别胡说！"安哲一懒得和他贫嘴。

过了马路就能看到小区的入口，宁浩把自己的摩托车停在进门不远的一栋住宅楼下。摩托车漆黑的车身很惹眼，加上款式又是最时髦的那种，一眼望过去就能找到。

安哲一把车推过去停放在宁浩的摩托车旁："这里安不安全？"

"开什么玩笑！"宁浩一副不屑的样子，头抬得老高，"在这附近要是有人敢打我的车的主意，那准是活得不耐烦了！放心吧！"

"万一哪个浑蛋最近想不开，那你不是要倒霉了？"

"狗嘴里吐不出象牙！反正有你垫背！"宁浩笑得阴险，把手搭在安哲一的肩膀上。两个人并排往回走。

安哲一现在住的房子就是宁浩帮忙找的。他们俩并不在一个班里，因为都喜欢摩托车，每天又都骑着车来上课，当然也顺其自然地都被主任请去“喝茶”，一来二去便认识了。宁浩不是安分守己的学生，但也坏不到哪儿去。关于他的一切，安哲一知道得并不多，严格说起来，他只知道他叫宁浩，男生，年纪和自己一样大，喜欢摩托车，喜欢飙车，喜欢开疯狂的派对，仅此而已。他和他没有太多交集，可每次都很有默契。或许他们两个人骨子里有着相同的东西。

宁浩还是很关心安哲一的，或者说他是觉得桃子那丫头不错。他见过她几次。

“要是真吵架了，赶紧去道个歉，女孩子哄一哄就好了。”

安哲一摆摆手：“你不知道情况，反正我得先找到人再说。”

宁浩意识到了什么，收起不正经的表情问道：“怎么了？听起来还挺严重的，要不要我帮忙？”

“忙你的去吧，这点儿事我自己还能处理。不过还是谢了！”

“真的不需要？”

“别啰嗦好不好？”

宁浩耸耸肩：“知道你心烦我就不硬拉你去参加派对了。不过我可提前说了，晚上有大人物在，你不见实在可惜。”

安哲一压根儿没把他的话放在心上，随口调侃道：“能有什么大人物？无非是你小子又换女朋友了。”

“展氏财团听说过吗？”

安哲一顿时停下了脚步，皱起好看的眉毛：“展家？”

见他的表情这么奇怪，宁浩半开玩笑地说：“怎么？展家和你有仇？瞧你那表情！就算展家在整个花町市都有名，你也不用这么惊讶吧？”

安哲一却答非所问：“派对和展家有什么关系？”

“你去了不就知道了！”宁浩收回搭在安哲一肩膀上的手，走进学校，“我先去食堂买点儿吃的，有事去班上找我。放学见！”说完一溜烟跑没影儿了。

安哲一站在原地一动不动，抓着钥匙的手一点儿一点儿收紧。

两天前他去孤儿院找桃子，院长却说桃子被带走了，并不是普通形式上的被领养。但院长又不肯透露详细情况，说对方要求尽量对这件事情保密。孤儿院虽然不是每天都有孩子被领养，但这是很平常的事情，从来没有对孩子们的去向保密。而且当时院长目光闪烁，一副忧心忡忡的样子。安哲一还是第一次见她那样。

这两天为了打听桃子的下落，他去了很多地方。在去桃子以前学校的时候，他看到了那辆曾经停在孤儿院门口的黑色轿车。他将车牌号码记下来，打听后才知道那是展氏财团的车。

展氏财团！展家！那是带走桃子的人家！

坐在食堂里的时候，桃子整个人都有些虚弱，并不是因为体力上的消耗，而是因为心理上的折磨——这是一所什么学校啊？她不得不承认，刚踏入这里的时候，她的确被周围美好的环境吸引了，曾有那么一瞬间，她觉得待在这里也许会不错。但是自从走进教室，自从接收到了无数窥探和鄙视的目光之后，桃子意识到，花帝学院对自己来说根本是地狱！

现在，她极其渴望回到以前的环境中去！

展晴雯端着盘子和几个女同学说笑着走过。按照早上在校门口和桃子说好的，她要让所有人认为，桃子和她一点儿关系都没有，所以展晴雯把向她举手示意的桃子当成了空气。没等桃子举到半空中的手落下，展晴雯就将头扭到了另一边，假装和同伴讲话。

桃子也不想跟展晴雯打招呼，但是……早上出来得太急居然忘记带钱了，而在花帝学院里她只认识展晴雯，又偏巧她从她面前经过，这莫非是天意？

只可惜老天不过是和桃子开了个玩笑，展晴雯很快拉着同伴走开了。

肚子咕咕地唱着“空城计”，桃子无奈地从椅子上站起来。与其坐在食堂里看别人津津有味地享受美味，还不如躲到没人的地方眼不见为净，或者……一个想法猛地出现在她的脑海中——她不一定非要等到放学是不是？反正此时此刻根本没有人注意她！想到这儿桃子“噌”地站起来，大步流星地朝食堂外面走，就连肚子饿得咕咕乱叫的问题都被抛在了脑后——没有什么比即将见到安哲一更让她兴奋的了！

花帝学院的午休时间有两个小时。就算不能在上课之前赶回来也没有关系，桃子觉得不管怎么样，她都无法在这所学校里做个好学生，她也许连最基本的要求都无法达到，那第一天上课就出现早退的现象又有什么关系呢？只是不知道展家的人知道了会怎么样，这样的大家族也许会存在严厉的家法吧。桃子一边往校门外走，一边忍不住在脑海中盘算着这些。但有一点是可以肯定的，不管等待她的是什么，她都会一如既往地选择去见安哲一。她必须见他！

午后，阳光明媚。偶尔有燥热的风吹过。马路上依旧有川流不息的车辆，斑马线的两端却显得有些冷清。这个时间恐怕大部分人都停止了上午的工作，开始了短暂的休息，一个纤细柔弱的身影却急匆匆地穿梭在街道上。桃子觉得，她今天一定可以见到他！

就在这样九月末的午后，桃子几乎是一路跑到了花乐高中。她气喘吁吁地出现在校门口时，整个人都快瘫软在地了。还好……还好只用了四十分钟。可是她怎么也没有想到，就在几分钟前，安哲一刚好被宁浩拉出了学校。

宁浩对他说："小子！别说我不照顾你！这次绝对是好事！"

安哲一启动摩托车的时候，似乎听到有人在喊他的名字。他朝四周看了半天却没有发现一个人影。宁浩一直催促着他。车子扬长而去的时候，安哲一还忍不住回头向学校门口望了一眼。

摩托车消失在拐角处的时候，桃子踉跄着从另一边跑了过来……

每一个发展稳定的城市都会有一个展现自己繁荣的枢纽地段。花町市的中心是一整条商业街和十几栋高低不同的购物大厦。这里集餐饮、娱乐、购物、休闲于一体，几乎所有的设施应有尽有。当然有些地方只针对那些有更高需求的人开放。这些人总是渴望待在有着宁静音乐的幽暗房间，他们的内心往往是格外空虚寂寞的。

在这条繁华的街道上就有这么一家店，主营西餐，但是装潢格调又偏向于后现代主义。这家店不仅有给喜欢独处的客人准备的空间，还有比较靠近钢琴和前台的座位。灯光、饰品都恰到好处地烘托出餐厅的气氛，给人一种很有品位的感觉。

展千羽坐在靠窗的位子上。这小小的区域已经用高档的屏风间隔起来，四周巧妙地摆放着高贵典雅的花饰当成点缀。桌布和餐具也是精心挑选的，具有北欧风格。

他将深邃的目光投向窗外，繁华的街道上随处可见行色匆匆的人。他的表情淡漠，仿佛除了公文包里的几张订单，还有电脑里需要处理的几份文件之外，生活就完全失去了意义。

下午1点20分，离约定的时间还剩十分钟。

展千羽修长的手指轻轻落在水晶杯上。他凝视着那淡蓝色的液体，他等待的答案即将揭晓。此时此刻他的心情有着说不出的复杂。他在害怕什么吗？不……对于他来说那尘封的记忆就像是埋进坟墓的陪葬品，永远不会重见天日。已经过去多久了？当年自己还不满十八岁，是个只会意气用事的固执小子，然而在那场灾难发生之后，他被独自送往国外，在陌生的土地上，陌生的环境里，陌生的人群中开始所谓的新生活。

展家觉得这样就能将一切都埋葬，这样展千羽便还是那个他们引以为傲的孩子！只是这几年，这个被改变命运的少年变得越来越沉默，变得越来越远离人群，变得越来越陌生。

然而……他回来了。召唤他回来的除了外公病危的消息之外，还有那个装满秘密的包裹。

想到这儿，展千羽的心猛地一颤，像是有一根银针狠狠地刺进了跳动的心脏。

音乐从放在角落里的老式留声机里传出来，是一首古老的听起来十分伤感的曲子，似乎是美国一个乡村乐队演唱的，乐队的名字展千羽已经记不起来了。

屏风外传来轻轻的脚步声。几秒钟之后，穿着整齐制服的服务生领着一个中年男人走到展千羽跟前。

“对不起，打扰一下。展少爷，请问这是您的朋友吗？”

展千羽的目光透过那淡蓝色的液体，平静地落在对面的位子上。他并没有抬头，却十分肯定站在面前的人是谁，随即回答道：“是的。”

服务生礼貌地向中年男人做出一个“请”的动作，然后识相地退了出去。

中年男人坐到展千羽对面的位子上，摘下那副看起来十分有职业特征的墨镜。夏末的天气仍然带着一丝燥热，可他早早地穿上了宽大的长袖衬衫，还穿了一件满是口袋的坎肩，看上去更像是在电视台工作的剧务人员。

展千羽帮他叫了和自己相同的饮品。尽管越来越接近谜底，他那精致的面容上却看不出任何情绪。

“展少爷，您需要调查的事情基本上已经弄清楚了。”中年男人刻意压低声音。他很明白，同这样身份特殊的人打交道需要更加小心，稍稍不注意连小命怎么丢的都不知道。几天前展千羽找上事务所的时候，他考虑过是否要接这单生意，展家……如此特殊的客户非同小可啊！然而最终他还是被诱人的数字吸引了——那是他做私家侦探几年都赚不到的钱。

私家侦探一边说一边从随身的包里拿出一个文件袋，小心地递过去。

展千羽没有说话，伸出去的手在碰触到纸袋的一瞬间，猛地从指尖传来一丝凉意。这时音乐戛然而止，似乎老式留声机发生了什么故障。

高贵华丽的西餐厅里，名贵的屏风遮住的不仅仅是两个看似神秘的身影，还有一个天大的秘密。

文件袋被打开……

随着里面的东西渐渐呈现在眼前，展千羽终于无法继续平静下去。是的！就是这张令他怎么也无法忘记的面容，此时此刻竟然那么活生生地再次出现！他的眼睛变得潮湿，一片雾气悄无声息地升起。关于许多年以前的回忆，像冬去春来伸展的藤蔓，一点儿一点儿地苏醒了！

照片上，女孩子的笑容灿烂无比……

CHAPTER 02 第二章

“她……还活着？”展千羽闭上眼睛，黑暗吞噬了一切，可脑海中那张纯真的面容依旧清晰。

私家侦探将一张写着地址的纸条放在桌子上……

门卫几乎一路追着桃子进了学校。他费力地拦下她，气急败坏地责备道：“你这个小姑娘是怎么回事？我说过了，午休时间快结束了，现在不允许随便进学校找人。你怎么能硬闯？”

桃子刚才在花乐高中的大门外等了半天，可怎么也不见有人出来。她焦急地等待着，多希望能看到那个熟悉的身影。可是没有时间让她再等下去了。

“拜托！我真的有急事！让我进去吧，我只是找人，找到了我会马上离开的！”桃子拼命哀求着，额头上满是细密的汗珠。

门卫拉着她：“这是学校的规定！你是哪所学校的学生？小心我告到你们学校去！”

“我真的有急事！真的有急事！很急！”桃子胡乱抹了一把额头上的汗，她的表情无比慌乱，被抓住的手竟然有些颤抖。

“那……”在目光的对峙中，门卫终于让步了，“你先登记一下。”

桃子欣喜若狂地喊道：“谢谢！谢谢！”

她一路逃命似的跑到安哲一所在的教室时，得到的回答却是：“他不在！有人看见他被人叫走了。去哪里我也不知道。”

桃子觉得一阵天旋地转。她踉跄着走出花乐高中，从大门口走出去的时候，门卫似乎说了些什么，她一个字都没有听到。

午后的街道上少了清晨的嘈杂，树木懒洋洋地摆动枝叶，偶尔响起的知了的叫声预示着夏天即将过去。

该怎么办呢？桃子踢着路边的一颗石子。她以为一定可以见到安哲一，她以为见到他之后一切就可以恢复常态了，可是要命的是，她找不到他！他们明明就在同一座城市里，明明离得那么近，居然就莫名其妙地见不到对方了！难道……难道他回家了？

安哲一从孤儿院搬出来后，住的那间小小的旧房子就算是他的家了。屋子里的家具不多，有一些是桃子和他一起添置的。小小的房间被他们两个人打扫得格外干净。床上摆着一只玩具熊，尽管旧了一些，但陪伴了桃子很久。

她对他说："我不在的时候，让小熊陪着你。你想我的时候，就抱着它。"

安哲一坏坏地笑着，把小熊和桃子一起搂进怀里。

旧房子是宁浩的爷爷奶奶留下来的，小时候他们一家五口人挤在这儿。后来他父亲白手起家，事业越做越大，不久之后他们就搬离了这条狭窄的巷子。和花町市的繁荣地段相比，这里算是没有被开发的角落，一些老街道纵横交错，带院子的平房显得拥挤。据说这里很快就要被拆掉了。

旧房子一直没人住。安哲一找宁浩帮忙，宁浩就把这儿借给了他。

巷子口，宁浩一把拉住急匆匆想离开的安哲一，着急地说："你小子真不讲义气！这点儿忙都不帮吗？"

“这种忙叫我怎么帮？”手里拿着头盔，安哲一无奈地抱怨道，“早该想到你是要拉我下水！真不该跟你来！”

“喂！是兄弟还说这种话！小心我翻脸！”

“这浑水我真没办法趟，你就好心放了我吧。”

宁浩不依不饶，刚才这家伙就十分不给面子地想开溜。宁浩眼疾手快，追了好几条街，才把他追回来。居然还想走？门儿都没有！

“这是好事情！你跑什么啊？”宁浩一瞪眼，用起了激将法，“你是不是男人？你怕什么啊？她还能吃了你？”

安哲一被挤对得没办法，终于举手投降。

“这可是你把好好儿的一个女生送我手里来的，到时候万一有个什么闪失千万别怪我！”

宁浩露出一抹坏笑，松开抓住他的手朝他背上一拍：“便宜你了！我走了，晚上早点儿来。”说完大步朝巷子口走去。很快从拐角的地方传来摩托车发动的声音。

安哲一把头盔往肩膀上一甩，摇了摇头向自己的屋子走去。

小屋里唯一的一扇窗子也拉上了窗帘。大白天的，屋子里的光线暗得出奇。地上有几个凌乱的烟头，几件换洗的衣服丢在一边。

蓝琦刚洗过澡，身上只裹了一条大大的浴巾。她靠在床头，随手拿起角落里的玩具熊。

小熊似乎很久没有清洗过了，身上的白色毛衣已经染上了很多污渍，不过抱在怀里还是很舒服。她打量着十几平方米的房间，猜想着一会儿进来的男生会是什么样子。按照她对宁浩的了解，这小子早就溜掉了。不过他也绝对不会丢下自己不管，所以肯定会找个人来。会是个英俊的家伙吗？蓝琦想到这儿，嘴角忍不住露出了妩媚的笑容。

就在这时房门打开了，安哲一颀长挺拔的身影出现在门口。外面的阳光照进一丝光亮，顿时与幽暗的房间形成了鲜明的对比。也正因为这样，安哲一周身像是生出了一圈金色的光环，让他显得越发高大。

“嗨！”蓝琦半靠在床头，头发上还沾着水滴。香肩美腿全露在外面，只有一条白色的浴巾遮身，不过她还是大方地首先开口。

安哲一冷峻的脸上看不出什么情绪，他反手将门关好，面无表情地朝蓝琦走过去……

蓝琦眯起眼睛望着渐渐向自己走来的英俊男生。

陈旧的地板发出刺耳的“咯吱”声，几乎没有光亮的房间里弥漫着暧昧的气息。从门口到床边只有十几步的距离。安哲一每一步都走得格外稳重有力。

他在床边停下来。

“怎么？”蓝琦十分感兴趣地仰起脸，发梢上的水滴滴落在肩膀上。

安哲一看不太清楚面前女生的长相，但从五官轮廓上可以判断出她并不难看，而她那娇滴滴的声音也分外诱人。

墙壁上的钟转动着，有节奏的“滴答”声像催眠的咒语。时间便在这咒语中悄无声息地流逝。

安哲一精致的脸庞上露出一丝诡异的神情，黑暗中他伸出洁白如玉的手……

CHAPTER 03
第三章

TEARS OF DARK INFECTION

I have been looking for someone to shed some light

Not just somebody just to get me through the night

I could use some direction

And I am open to your suggestions

All I want to do is find a way back into love

I can not make it through without a way back into love

And if I open my heart again

I guess I am hoping you will be there for me in the end

There are moments when I do not know if it is real

Or if anybody feels the way I feel

I need inspiration

Not just another negotiation

All I want to do is find a way back into love

SERIES OF DARK INFECTION

午休时间已过，斑马线的两端再次喧闹起来。

桃子不知道自己跑了多久，更不知道自己跑了多远。她停下脚步的时候，泪水早已混杂着汗水挂满了整张脸。桃子弯腰用双手撑住膝盖，被汗水打湿的刘海儿几乎遮住了双眼。

就在十几分钟前，她兴冲冲地来到安哲一的住处。她看到停在老地方的熟悉的摩托车时，原本忐忑不安的心终于平静下来——他在家！他果然在家！

然而……

桃子看着安哲一的身影闪进门内，她还没来得及开口喊他，屋子里面便响起一个温柔妖媚的女声。

那女孩说："嗨！"

桃子的双脚像是被牢牢地钉在了地上怎么也无法移动。那是她和安哲一一起布置的小屋，那是她打算过完十八岁生日就搬来的地方，那是她认为即使全世界都舍弃她，那扇门也会永远为她打开的地方……但是有个女孩的声音从里面传来，真真切切地传进桃子的耳朵里，刺痛她的心。

好半天她才回过神来，勉强支撑着身体向前走了几步，那门……却关上了。

桃子拼命跑出了狭小的巷子。从安哲一停靠在墙边的摩托车旁经过时，她拼命地将它推倒在地。

她在心里狠狠地咒骂："你去死吧！"

桃子大口喘着气，汗水顺着脖子淌进衣服里，背上早已湿了一大片。她站起身，阳光刺得她睁不开眼睛，耳边到处都是嘈杂的声音。斑马线的一端，她虚弱无力地靠在一根灯柱上。

就在这时，一个平静的声音响起。

"你应该待在学校里。"

桃子循声望去，映入眼帘的是展千羽稍显苍白的面容。他依旧一副安静儒雅的样子，白色的暗纹衬衣，白色的休闲长裤，干净利索的打扮恰到好处地凸显出他高贵的气质。

"这不关你的事。"桃子赶忙将脸上的眼泪擦掉，却无法掩饰狼狈的模样。

展千羽并不想多管闲事，家里莫名其妙地多了一个人，虽然是和自己有着血缘关系的妹妹，但依照展千羽的性格，对亲妹妹展晴雯的兄妹之情都淡薄得可怜，更不要说这个半路冒出来的陌生女孩。然而他从那家西餐厅里隔着窗子看到那个踉跄的身影时，心里竟然涌起一种似曾相识的感觉。当初的自己不也是这样无助与彷徨吗？在人群中穿梭却找不到任何方向，想反抗却连声音都发不出来。此时此刻出现在他面前的就是这样的一个身影，外表固执坚定，内心却脆弱得即将崩溃。

所以他走出餐厅，来到她的身边。他觉得自己并不是要关心什么，只是……有些事情是说不清楚的。

“逃课了？”展千羽径自问道，那平静的语气仿佛是在跟自己讲话。

桃子觉得什么都变了！自从见到那辆黑色的轿车，自从那该死的展家出现，自从无缘无故冒出自己的身世之谜之后……什么都变了！最让她受不了的是连安哲一都变了！他没有担心她，没有四处拼命地寻找自己，反而和一个不知道是谁的女孩子在屋子里……很多可恶的画面浮现在桃子的脑海中，她的头突然疼得像要炸开一样。

“不关你的事！不关你的事！你到底要让我说多少遍才肯满意？”桃子发疯似的喊完，根本不管对面的红绿灯是什么颜色，就拼命朝前跑去。

川流不息的车辆像是受了惊吓的兽群，喇叭声、刹车声、司机的咒骂声……所有的声音在马路上汇集成了一首烦躁的交响曲，而指挥它的人就是不计后果的桃子。

展千羽跟了过去。这是他在那件意外之后，第一次对事情采取过激的行动。他在国外大多时候只沉浸在自己的世界里，偶尔和周围的人有交集也不过是点到 即止。这样肆无忌惮地在车流中狂奔是他前所未有的疯狂举动。

桃子仍然固执得像只没头苍蝇一样朝前冲，连她自己都不知道要跑去哪里。她只是觉得这样跑能够发泄心中的怨气，她需要好好儿地发泄一下。一直跑到几乎喘不过气来，她被展千羽一把拉住了。

周围的人早就注意到了这两个年轻人奇怪的举动，很多行人纷纷投来好奇的目光，有的人还相互耳语猜测着什么。

展千羽调整了一下呼吸："虽然我不知道你到底遇到了什么事情，不过你这样做并不能解决任何问题。"

桃子只顾大口喘着气，脸颊因为剧烈运动而染上了红晕。她盯着展千羽平静的脸，忽然变得更加气愤：这位从小养尊处优的大少爷知道什么？他什么都不懂！

"放开我！"

展千羽的脸上仍旧是不动声色的从容，只是有一抹说不出的神情慢慢地从眼底蔓延出来，像从海面一点儿一点儿升起的烟雾，令人无法捕捉到它真正的所在。

"放开！放开！"桃子不知道哪里来的力气，还在拼命挣扎着，心底的那一团怒火那么真实地燃烧着，像要将她整个人都焚化殆尽。

几步之外的音乐喷泉响起悦耳的声音，水柱随着欢快的节奏变换出各种各样的形状。这是靠近花町市最繁荣街道的中心广场。这里往往聚集着甜蜜相拥的情侣以及快乐嬉戏的孩子们。偶尔也会有忙碌的中年人稍稍停留。此时此刻，风度翩翩的展千羽和情绪激动的桃子正站在广场上。

喷泉的音乐好听极了……

随着"扑通"一声，所有音符在这一瞬间都被冲散。几个坐在长椅上的学生惊讶得张大了嘴巴。

展千羽站在喷泉旁，喷溅起的水花将他的衬衣打湿了。

桃子呆呆地坐在水里。几秒钟之前，面对她的大喊大叫，展千羽终于忍无可忍，将她拦腰抱起，几步走到喷泉前将她扔了进去。水不深，但有点儿凉。

“清醒了？”展千羽的声音清脆得像来自教堂的钟声。

桃子低下头，使劲咬了咬嘴唇。

周围一阵嘈杂，管理员跑了过来……

小屋里依旧幽暗。空气中似乎弥漫着肥皂的香气。蓝琦半靠在床上，故意逗弄着眼前比自己小四岁的男孩。尽管年纪不大，可他确实英俊无比。

“怎么？”她的脸上绽放出罂粟花一样的笑容，眼神迷离。

安哲一将手伸到她的胸前，一把夺过她抱在怀里的小熊。尽管动作有些粗鲁，但并没有把小熊弄坏。该死的！她居然敢碰它！对安哲一来说，这只小熊是整个房间里最珍贵的东西！

蓝琦的笑容僵在了脸上。

“你只是在我这儿暂时栖身，几个小时之后宁浩会来接你的。”安哲一将小熊拿在手里，冷冷地丢下这句话，头也不回地走出房间，关上房门之前他还不忘补充道，“对了，下次记得穿衣服。你的身材并不怎么好。”

“砰”的一声，一切又恢复了安静。

“哈哈哈……”几秒钟之后蓝琦伏在床上大笑起来，“真是个有意思的小鬼！”笑声在空荡荡的房间里格外刺耳。没有阳光照进来，十几平方米的空间里除了黑暗再也找不到其他东西。蓝琦还在肆意地笑着，连她自己也没有发现，许多晶莹冰冷的液体从她的眼角淘气地跑了出来……

展千羽已经记不清楚上一次带女孩子买衣服是什么时候了。

其实对于在大庭广众之下将桃子扔进喷泉这件事，他自己也有些说不清楚缘由。就像在西餐厅里见到马路上失魂落魄的身影，有那么一刻他仿佛看到了自己。也许他仅仅是想让她清醒一下。

如果那时候他能够做些什么，该多好……一切总是那么毫无预兆地发生，然后人们不得不面对措手不及的命运。

桃子是自己从喷泉里爬出来的。尽管浑身上下湿漉漉的她引起了一阵小小的骚动，但她并没有对赶来的管理员说什么，而展千羽自然也不会透露两个人的真实身份。经过管理员几句询问调解之后，他带她离开了。

干净的衣服是在附近最大的一家商场里买的。导购小姐细心而热情地招待着桃子，目光却总是含情脉脉的停留在展千羽英俊的脸上。他温文尔雅地掏出一张金卡将昂贵的物品全部买下时，导购小姐在心里欢呼这个月的业绩提前完成了，剩下的日子里她可以轻松地工作了。不是每天都可以遇到这样大手笔的客人，一个月只要遇到一次也就足够了。

经过了刚才的一幕，桃子的确冷静了不少，只是心情仍然无法完全平复下来。而且最重要的一点是，她不想回展家，至少在这个时候她更想回到熟悉的孤儿院。于是走出商场大门后，桃子凝视着展千羽，固执地说：“今晚我想回孤儿院住。”她的口气里没有商量的意思。

展千羽的白色衬衣也被打湿了。他买了一件一模一样的换上。他钟爱白色，就像是为了这种颜色而生。

不是周末，逛商场的人并不多。展千羽伫立在门口，身影颀长挺拔。细碎的阳光洒在他细腻的皮肤上，为每寸皮肤镀上好看的颜色，把那张原本就完美至极的脸勾勒得越发精致。

听到桃子的话，他将视线从车辆川流不息的马路上收回来。他望着她小鹿一样明亮的眼睛，她的表情有些倔犟，是孩子气的任性。

他说："我不会管你，但是总有人会限制你的行动。你明白的，对吗？"

"但是你不说出去的话……"

"一旦发现你失踪，第一时间就会有人去孤儿院找你。"

"这并不是什么失踪！"

"你觉得呢？"

桃子眼底的坚持一点儿一点儿地消退。她有些茫然无助，在这个时候竟然不知道该找谁才好。在过去的几年里，一直陪伴和守护她的都是安哲一。她坚信安哲一搬出孤儿院是为了更好地独立，能够早一点儿成为一个真正的男子汉。看似那么美好的一切，却在他们分开几十个小时之后全部瓦解了。

展千羽凝视着眼前的女孩。他甚至还没有完全记住她的名字。他该称呼她什么呢？她的面容显得苍白憔悴，表情却带着孩子般的固执，瞳孔深处分明藏着不为人知的脆弱。她像四年前的自己！真的很像！

于是他的口气软了下来，他莫名其妙地开始为她想办法。

"如果你只是想找个地方独自安静一下，并不一定要回孤儿院。我可以吩咐人今晚不去打搅你，晚饭你也可以不用下楼来吃……”

“你根本不明白！”没等展千羽讲完，桃子便有些激动地将他的话打断，“你能明白身边本来井然有序的一切，突然就改变了的那种感觉吗？完全都不一样了！全部都被颠覆了！还有……背叛！背叛，懂吗？”说到这儿，她的声音哽咽了起来。尽管桃子不愿意把这个词用在安哲一身上，但是到了这种时候，她还有必要为他着想吗？

桃子的话让展千羽内心深处那道已经被撕开的伤疤再次淌出血来。背叛……他怎么会不知道那种感觉！他不仅知道，而且还亲自做过这样卑鄙的事情。没错！四年前他做了！然而他没想到的是，被自己尘封了这么久的记忆，就那样赤裸裸地被一个包裹唤醒了。包裹里装着当年他们在一起时的照片；还有几卷录影带，里面记录着那段甜蜜的时光，记录着所有刻骨铭心却被他亲手抛弃了的爱；还有一本日记……他没想到她还活着，按照父母的说法，她应该死了，早在四年前就已经死了。

“好吧。如果回去真的对你那么重要，我可以想办法帮你隐瞒一个晚上。”

“什么！”桃子怎么也没有想到事情会有这样的转机，她难以置信地望着展千羽，“你要帮我？可是……”

“这难道不是你希望的吗？”

“我的确希望回孤儿院，不过你怎么可以什么都不问就决定帮我？”桃子实在不确定自己刚刚听到的话，而且她也摸不透站在眼前的人到底在想些什么。那张总是从容不迫的面容下到底隐藏着怎样的一种真实情绪呢？

展千羽轻吁了一口气，像是努力让自己从那段阴霾的记忆中走出来。他抬起头，看见蔚蓝的天空渐渐褪去颜色，太阳也收回恩赐的阳光躲在了云层后。临近下班的高峰期，街头开始变得人头攒动。

“没有什么特殊的理由。也许是因为在那样的牢笼里，我们都很卑微吧。”

是的。这次桃子确信没有听错。面前这个高贵得犹如不食人间烟火的少年，把展家比喻成牢笼。被关进去的人会是怎样的下场呢？

“吓到你了？”展千羽察觉到桃子表情的变化，收回目光若有所思地望着她，安慰道，“别害怕，就当我危言耸听吧。起码这是全世界最华丽最舒适的牢笼，并不是谁都可以入住的，对吗？”

桃子不知道该怎样回答，心里变得乱糟糟的。

温暖的手掌落在她稍显单薄的肩膀上，展千羽补充道：“我并没有说一定可以帮到你，我只能尽力。所以现在你还是珍惜机会回去享受片刻的安宁吧。”

说完他把一张信用卡和一些零钱塞到桃子手里，然后转身离开。桃子看着那个白色的犹如天使一般的身影渐渐消失在人群中。

也许在她的宿命中本该有一个这样的人出现，这都是冥冥之中安排好的。

下课的铃声响起，平静的校园顿时变得喧闹起来。花帝学院高中部，展晴雯坐在座位上，她今天收拾课本的速度明显慢了很多。几个跟她要好的女生从她座位旁走过的时候忍不住发问。

“晴雯，你还愣着干什么？今天不是你值日啊。”

“晴雯，你脸色不太好，哪里不舒服吗？”

“晴雯，我们等你一起走吧。”

面对一连串有献媚嫌疑的关心，展晴雯觉得心烦意乱。不过她还是压低声音冲身边的人摆了摆手：“没事，我在等司机来接我。你们先走吧。”

几个女生知道展小姐的脾气，自然不敢再啰唆什么。等她们走出教室之后，展晴雯拿出手机，手指放在按键上却始终没有拨通号码。真的要这样做吗？宁浩的话又在她的脑海中浮现出来，那么清晰，仿佛每一个字都有千斤重量，狠狠地砸在她的心上。是啊，在那样的夜晚，在那样的气氛下，她和宁浩又有什么分别呢？除了华丽高贵的外表，除了显赫的家世背景之外，其实在内心深处，他们是一样的。不！也许……她还不及他们澄澈纯净。

展晴雯的手指终于按了下去。“嘟嘟”几声响过之后，电话接通了。

“不用来接我了。我要去参加一个同学的生日派对，晚一点儿我会自己回去的。”

就算不回去也没有关系吧？之前有过很多次，她那忙碌的父母根本没有发觉她彻夜未归。除了衣食无忧之外，实际上没人关心她。她还有个哥哥，对！哥哥，那个几乎连话都不和她讲的哥哥！

想起那该死的一切，展晴雯真想狠狠地把手机摔碎。

可是就在她的手举到半空中的时候，熟悉的音乐响了起来。屏幕上宁浩带着些许邪气的笑脸不停闪烁着。

“大小姐，准备好了吗？我已经在后门恭候大驾了。”宁浩的声音从话筒里传出来，带着笑意。她本应该恨他，可是……他的声音显得格外亲切。

“呃，我马上出去。”

挂上电话，展晴雯深深地吸了一口气。她还是妥协了，并不是因为宁浩威胁过她什么，只是每当想起那种放纵发泄的感觉，展晴雯便觉得身上的每一个细胞都在膨胀，一股说不出的兴奋从心底最深处拼命涌出来。她不该接近他们，却在劫难逃地掉进了一个万劫不复的深渊。

既然这样……

展晴雯将课本全部塞进书包，一把拎起书包大步走出教室。既然这样……就不计后果地走下去吧！

花帝学院后门。

乳白色的围墙外停靠着通体黑色的摩托车。宁浩靠在墙上，穿着显得松松垮垮的宽大运动衫，洗得发白的牛仔裤，一双黑色的耐克运动鞋。手里摆弄着黑色的头盔，他的神情看起来格外专注。他在想一些事情，想一些对或者错的事情，想一些他必须要做的事情。

展晴雯走出来的时候，他正在盘算着要不要结束这场灾难式的游戏，然而……必须有人偿还这一切。

“我们走吧。”展晴雯将书包丢给宁浩，脸上挂着一抹任性和高傲。就算要和这些人混在一起，她仍然有与他们不同的地方。在这里，她有资格高傲。

宁浩懒懒地接过书包，将挂在车把上的另一个头盔递给她：“戴好。如果展家的千金出了什么意外，我有十条性命也偿还不起。你知道吗？带着你一起出去寻找乐趣，是一件多么危险的事情。”

展晴雯丢给他一个白眼，不屑地反问道：“你不正是喜欢挑战危险的人吗？要不然你就不会接近我，更不会做那种事情。”

“天地良心！”宁浩赖皮地凑上前，一把搂住展晴雯，“遇到你的时候，我怎么可能想到那个叛逆的少女会是展家的人？而且……那晚我的确是无辜的。”

“我不想再提了！”展晴雯挣扎了一下，却没用多大力气。

“好好好……那就不提了。”宁浩松开手，利落地跨上摩托车，“上来吧。别让大家等急了。”

“别太晚送我回来。”

“遵命！”

引擎声在空旷的街道上显得格外刺耳，摩托车像脱缰的野马扬长而去。花帝学院后门，一切重归宁静，像从来没有人来过这里。

桃子走的时候什么都没来得及带。尽管她的东西原本就很少，但总归是她在这里生活了九年的证据，所以院长还是小心翼翼地保留着原来的样子。最近没有新的孤儿被送来，桃子的房间仍然空着。

看到桃子回来，所有人先是吃惊，然后便一窝蜂拥了上来。只有院长从桃子那落寞的表情中看出了端倪，简单询问了几句便让她回房间休息了。孤儿院里的人总是来来去去，有孩子被带走，有孩子被送来，有人离开，有人加入。已经步入晚年的院长见多了这样的场面，但是桃子的情况特殊，她能感觉得出来。这里是花町市，自从展家的人出现在孤儿院，并且吩咐尽量抹掉关于桃子在这里生活过的一切痕迹，她便深刻地感觉到事情也许很复杂。但是桃子在被带走的第四天突然回来了，这又意味着什么呢？

房间在二楼，并不是特别大，但是是两个人一起住。那个女孩四年前被人收养了，于是从那时候开始桃子便一个人住在这儿。她的东西真的很少，几套衣服还是很早以前添置的，日记本里只记录着和安哲一在一起发生的事情，还有喝水的杯子也是安哲一送的……该死！她怎么又想起他来了？好像这里所有的一切都和他有关系。也许自己根本不应该回到孤儿院！

桃子虚弱地倒在床上，将脸深深地埋进枕头。枕头上面有自己头发的味道，淡淡的，却清晰地传进鼻子里，似乎在提醒她，几天之前睡在这上面的人正是她。

没有开灯，房间里很暗。床头柜上的钟“滴答”转动的声音在安静的房间里犹如一首特殊的催眠曲，令人产生倦意。桃子忍不住闭上了眼睛。

一切都是梦吧？所有不开心的事情会不会睡一觉之后就全都不见了？再次醒来的时候，她依然是那个无忧无虑的桃子，依然开心地生活在孤儿院，身边依然有安哲一陪伴……所有……都回归原貌吧……

喧闹的山间别墅。夜幕完全降临的那一刻，已经有人把所有的篝火点燃。这里在远离城市的郊外，就算骑摩托车全速前进也要四十分钟才能进入市区。就连展晴雯自己也说不清为什么当初展家要买下这栋别墅，她甚至忘记了到底是谁买下的，只是她记得很清楚，买下之后没有人来过。如果不是她偶然去父亲办公室找东西，发现了一把掉在角落里的钥匙，恐怕连父亲也记不起来展家还有这样一处地方。

现在这栋花园式别墅成了一群疯狂的少男少女狂欢的基地。他们在花园里点燃篝火，支起支架，各种烧烤用的东西一应俱全。有人将房间里的高档音响打开，将声音调到最大。几个女生随着音乐忘我地扭动着腰肢，像一群贪婪的小野猫。

宁浩走到独自坐在秋千上的安哲一身边，一拳打在他的肩膀上。

夜幕下安哲一帅气的面容隐藏在黑暗中，看不出他到底在想些什么。挨了一拳，他仰起脸抱怨："你可真会给我惹麻烦！"

"怎么了？"宁浩明知故问地笑着，一副不正经的样子，"我表姐难为你了？"

"欠揍！"安哲一还了一拳过去，疲倦地伸了一个懒腰，"下次有这种事情千万别找我了。"

"我表姐身材不错！是兄弟我才想便宜你的！"

"你小子没完了是不是？再说我真翻脸了！"

"行！开不起玩笑了吧？"宁浩从口袋里掏出烟递过去。

安哲一摆摆手："你知道我不抽的。"

"我也不抽。嘿嘿！"宁浩将烟塞回去，他做事情总是这么没头没脑的。就像他明明不抽烟，却总是在口袋里放着一包；就像他整天一副"不良少年"的模样，却只是逃逃课而已。他身上有太多让人看不清的地方，他自己懒得说，安哲一也从来都不问。他们两个是那种见一眼就觉得臭味相投的人，仿佛成为朋友仅仅像吃饭睡觉那么简单。

对！就是那么简单！

宁浩朝四周看了看，问道："我表姐呢？"

安哲一指了指二楼的一扇窗子："自己躲在房间里喝酒呢。"

"你！"宁浩假装变了脸色，又是一拳打过来，"你让她一个人待在上面？喝多了被哪个小子占了便宜怎么办？"

安哲一将他碗口大的拳头挡下来，轻挑眉毛反问道："拜托！这里有哪个男生敢碰她？你也太抬举兄弟们了！"

宁浩的表情平复下来，不正经地笑了笑："开玩笑！我表姐就喜欢你！我跟她说了，你已经有女朋友了。怎么样？找到人没有？"

安哲一听到宁浩提起这个，眼底弥漫起一丝不为人察觉的神情。如果不是为了这个，他今天晚上可没有多余的心情耗在这儿。然而这里毕竟人多嘴杂，他不想贸然做出什么举动。展家……他明白，一切都要小心。

安哲一的目光落在烧烤架前的一个身影上。她坐在石凳上，白皙的脸被火光勾勒出一圈红晕，一身黑色的皮装，化了夸张的烟熏妆。如果不是一早就知道她的身份，谁能想象得出，这会是大名鼎鼎的展家小姐！

宁浩似乎有所察觉，随口问道："你不会把主意打到展家去了吧？"

"难道你不是？"安哲一的嘴角绽放一个好看的笑。

宁浩眯起眼睛，眼神意味深长。

"放心，我只是有些事情想问她。"安哲一并不想做个太聪明的人，他明白，每个人都有属于自己的秘密，而那些秘密往往牵扯得太多，无论与周遭有关或者无关，反正那都是"禁地"。

"那就去问吧。"

花园里仍旧篝火通明。一群疯狂的年轻人还在相互吵闹着、扭打着、追逐着。

展晴雯就坐在他们中间。她拿着一只鸡翅膀放在架子上，反复烤了很久。鸡翅膀已经变了颜色，出现一大片烧焦的痕迹，可她仍然不打算把鸡翅膀拿下来。一小簇火苗映在她的眼睛里，跳动着，而她空洞的眼底仿佛只能看到那鲜红的颜色。

安哲一从秋千上下来，拍了拍裤子上不小心粘到的灰尘。他随手在宁浩的肩膀上捶了一下，嘴角始终挂着笑意。

他对宁浩说："很快。"

宁浩丢给他一个白眼，一边摆手一边坐到还在轻轻晃动的秋千上："别念叨了！烦不烦哪！"

安哲一转过身，大步朝展晴雯坐的方向走去。

夜幕已经完全降临。在郊外寂静的山腰上，只有这栋别墅内发出喧闹的声响。仿佛是古老森林中的狂欢之夜，朦胧中夹杂着一丝诡异。

展晴雯还在摆弄着手里的鸡翅膀，一罐喝掉一半的啤酒放在她的脚边。篝火把她的脸映得红彤彤的，也许是化了烟熏妆的缘故，她的眼神越发迷离。

"嗨。"安哲一坐到她的旁边，格外自然地打着招呼，仿佛他们早就认识，此刻不过是巧合的重逢。

展晴雯转过头，借着火光她看到一张棱角分明、格外帅气的脸庞，却有一种微妙的感觉刺激着她的脑子，一些画面争先恐后地涌出来。四目相对的一瞬间，思绪像碰撞在了一起，擦出怨恨的火花。

"是你！"展晴雯终于把瞳孔聚焦在一点上，她毫不客气地在脑海中揪出了那个重要的画面，"下流！下流！下流！"

想起几天之前在巷子里见到的那一幕，展晴雯一边咒骂一边将手里的鸡翅膀使劲砸向安哲一。

“啪”的一声，安哲一还没反应过来是怎么一回事，精致的脸上就落下了一个油腻腻的痕迹，同时他闻到了一股刺鼻的烧焦味。他努力保持着嘴角优美的弧度，拼命在心里说：忍耐！

几米之外，秋千在夜风中来回摆动。宁浩早就捂着嘴巴笑得全身颤抖……

“大象！大象！你的鼻子为什么这么长……”

桃子是在熟悉的歌声中睁开眼睛的，映入眼帘的还有那熟悉的小屁股。龙龙忽闪着一双水汪汪的大眼睛，那样子可爱得像个小天使。

然后……

“大姐姐！胸部小小的大姐姐！你回来看我了，是吗？”龙龙扭着屁股扑上床，一边往桃子怀里钻，一边撅着嘴巴凑上来，“来！好久不见，我们亲一个吧！”

“亲你个头啦！”桃子习惯性地用手挡住他的小嘴，一把将他按在身边。

龙龙挣扎着，耍赖一般哭闹起来：“你果然移情别恋了！”

“是！是！是！”桃子在他的小脑袋上敲了一下，却根本没用什么力道，“所以你这个小鬼快点儿离开我吧！”

“在离开之前我们做最后的吻别吧！”龙龙眨巴着眼睛靠过来。

“捣蛋鬼！”

“来嘛！不用跟我空气！”

“拜托！不是‘空气’，是‘客气’！”

桃子和龙龙扭成一团的时候，门口突然传来一个孩子的声音。她没有走进来，只是在门口叫着：“凌小九，院长叫你出去。有人来接你回家了。”

桃子刚刚平复的心情顿时“咯噔”一下，有人来接自己回家了？家……她还不习惯把展家那栋豪华奢侈的别墅称作“家”，可除了他们，还会有谁来接自己呢？展千羽明明说过会帮忙想办法搪塞过去的，至少今天晚上没人会打搅她。看来他并没有做到。桃子有些失望地翻身下床，刚想迈步朝门口走，一只小手便拉住了她……

“你又要走了？”龙龙的眼睛里看不到之前的顽皮，一双大眼睛里满是潮湿的雾气，浓密的睫毛扑扇着，他拉着她的手，小小的手很温暖。

见桃子不讲话，龙龙稚嫩的声音再次响起：“那……你还会回来看我吗？”

桃子俯下身，将龙龙搂进怀里，轻轻地抚摩着他的小脑袋：“会的。”

“那……会和哲一哥哥一起来吗？”

“会……”

桃子松开手，头也不回地走出门。走下楼梯的时候，背后传来“哇”的一声，龙龙孩子气的哭喊声划破寂静的黑夜，在整个孤儿院里回荡，显得那么伤心、绝望……

桃子还是被接回了展家。当时已经快到凌晨了。莫涛和展静像雕塑一样坐在客厅里，阴沉着脸。展千羽站在大大的落地窗前，透过明亮的玻璃看着宁静的夜空。他永远都是那么安静。

展静脸上的妆竟然一点儿都没有花，就像刚刚化的一样，精致而高贵。桃子真不敢相信在这个时间居然有人能保持完好的妆容。莫涛的手里拿着一本财经杂志，桃子走进来的时候，他正对展静说着："收购的事情基本已经搞定了。"

"基本？"展静的语气里明显带着不满，"你竟然用了这么含糊不清的字眼！"

"我能怎么样？"莫涛把杂志丢回茶几上，"那个家伙很顽固！"

"你总得想点儿办法！至少得让他早一点儿断气！"

莫涛不耐烦地松了松脖子上的领带，他明白，入赘展家意味着什么，而这十几年自己已经忍气吞声活得十分卑微了。在外界看来，奢侈的生活与显赫的地位是多么令人羡慕，可事实上他不过是听从老婆使唤的傀儡，而且在生意场上他更要做很多卑鄙可耻的事。尽管这不是展氏财团的作风，却是展静的作风。当然身为展氏财团董事长的展东海并不知情。

"我在跟你讲话！"面对莫涛的沉默，展静显然无法继续保持优雅高贵的姿态。不过就在这个时候，管家带着桃子走了进来。

客厅角落里的古老时钟响了十二下，沉闷而庄重。展千羽将视线移回房间里。他换上了宽大的白色T恤，白色睡裤，白色拖鞋……他的目光落在桃子身上，平静中带着一丝抱歉，仿佛在说：我尽力了。

桃子并没有怪他。

回到展家是迟早的事，就算躲过今天晚上，明天一样要回来，何必呢？

她站在沙发前，不知道该不该抬头去看面前的人，也不知道该说些什么。

莫涛把眼镜摘下来，用手揉着眉心。展静也理所当然地把矛头指向了新的目标。她双手交叉环在胸前，脸上的严肃表情迅速升级。

“凌小九，我希望能听到一个比较合理的解释。”

“我……”

“你必须对你的行为做出解释！这里是展家！”展静活脱儿一副慈禧老佛爷的样子，而展家在她的嘴里也变成了庄严可怕的深宫内院。

桃子揉搓着衣角。那件衣服是下午刚买的，花了几百块，可是她穿着它在床上睡了一觉，现在已经有很多褶皱了。

“妈。”展千羽从落地窗前走过来，坐在沙发上，他的声音总是那样不愠不火，却格外好听，“你要她解释什么呢？如果要的是理由，我回来的时候已经告诉你了。”

莫涛清了清喉咙，紧皱的眉头并没有舒缓开来：“小羽，时间不早了。你回房休息吧。”

“在国外这个时候我正坐在教室里上课。”

“现在是在国内！你要遵守这边的时间！”展静不悦地看了一眼自己的儿子，“既然回来了就多和雯雯聊聊，你应该多关心一下你的妹妹。”

“知道了，妈。”展千羽并不打算离开，他将额前的刘海儿轻轻拨开，好心地提醒道，“那么你们是否注意到，从晚上到现在房间里似乎还少了一个人？”

展静和莫涛对望了一眼，恍然大悟一般愣了一下。

就在这时大门处传来一声闷响，管家还没来得及跑过去，展晴雯已经阴沉着脸大步走了进来。她已经在门口听了好半天了，原本以为这个时候回家，爸爸妈妈一定都睡了，根本没人会注意到她，没想到今天居然全部到齐了。她守在门口，盘算着要不要等他们都睡了再进去，可是没想到刚好听到展千羽的话。

她可真是有位好哥哥啊！

“哥！你刚刚的话我可以理解成你在出卖我，对吗？”展晴雯已经换掉了派对上穿的衣服，当然那吓人的烟熏妆也洗掉了，这会儿穿着整齐的校服。

展千羽深邃的眸子里映出一张气呼呼的脸，他只是安静地坐在那儿，儒雅得像一位西方的王子。此刻他的嘴角扬起一抹淡淡的笑容，犹如昙花一现。

十几分钟之前，他站在落地窗前看到门口隐约亮起车灯，接着有摩托车发动的声音。引擎声很小，但他还是听到了。展晴雯是如何走进院子站在门廊前的，没有人比他看得更清楚。

“现在应该一视同仁吧？”展千羽平静地说着，他很想看看事情会怎样发展下去。

莫涛索性把领带从脖子上拽下来，生气地甩在茶几上。展静的脸色格外难看，她低吼起来：“太不像话了！你们到底把展家当成什么地方？酒店吗？”

展晴雯看了一眼站在客厅中央的桃子，没好气地把书包丢在沙发上：“我告诉司机了，今天有同学开生日派对，所以会回来晚一些。你们不是也经常参加一些商业聚会吗？这是没有办法避免的。”

“这理由不错。”展千羽微笑着望着她。

“哥！你是在故意和我作对吗？”展晴雯怒目而视。

“都别闹了！”展静“腾”地一下站起来，对她来说所有事情都已经一团糟了，现在又多了一个更加棘手的家伙，她想着，目光落在半天没有开口的桃子身上，“凌小九，尽管你姓凌，可你还是展家的一分子。你现在已经在展家生活了，所以你最好忘记在孤儿院里的一切！这不是在和你商量，而是你必须要遵守的！至于今后，我希望你不要再随便消失！如果你再去向不明，后果会很严重。”

“妈，很晚了。”展千羽站起来，搂住展静的肩膀，关心地说，“您也该去休息了。明天不是还要去公司开会吗？别太累了。”

莫涛瞪了展晴雯一眼：“雯雯，你要懂事一些。”

“知道了，爸。”展晴雯敷衍地回答了一句，转身上楼。

桃子站在原地，她不知道自己该说些什么，是不是也要说一句“知道了”，或者什么都不用说，只需要站在这儿。

展静和莫涛走上楼。客厅里终于回归平静。只有角落里那古老的时钟还在“滴答”地转动着。

外面漆黑一片。夜，显得深沉。

展千羽走到桃子面前，伸出修长的手指在她的额头上点了一下，询问道：“你打算在这儿站多久？”

桃子抬起头，她看到一张安静的面容。

“我可以走了吗？”

“当然。”展千羽将手插进口袋里，指尖碰到那张写着特殊地址的纸条。像是有一根小小的银针在他的心上扎了一下，但他的脸上没有任何表情变化，谁都看不到他的内心。他想，或许明天应该去看看。

“等……等一下。”桃子叫住打算上楼的展千羽，想了想，还是说了句，“谢谢你。”

展千羽没有停下脚步，修长挺拔的身影看起来越发优雅。尽管他什么都没有说，可那背影让桃子觉得他仿佛说了什么，不禁猛地松了一口气。

新的一天已经开始了吗？桃子并不知道等待着她的是什么。

CHAPTER 04
第四章
TEARS OF DARK INFECTION

I have been looking for someone to shed some light
Not just somebody just to get me through the night
I could use some direction
And I am open to your suggestions
All I want to do is find a way back into love
I can not make it through without a way back into love
And if I open my heart again
I guess I am hoping you will be there for me in the end
There are moments when I do not know if it is real
Or if anybody feels the way I feel
I need inspiration
Not just another negotiation
All I want to do is find a way back into love

因为前一天的约定，展晴雯和桃子分乘两辆车先后去学校，为的是不让其他同学产生怀疑。展静和莫涛没心思管这种小事情，现在他们在忙更重要的事。

医院方面没有进一步的消息，而展东海始终没有要求见桃子或者展千羽。可当时检查报告出来之后，他第一时间吩咐展静将展千羽召唤回国，另一方面想方设法寻找桃子的下落，然而现在……展东海除了每天躺在床上接受治疗，甚至连眼都不睁一下，更很少讲话。展静夫妇摸不透父亲在想什么，当然他们更害怕知道他最真实的想法。

花帝学院的每一个清晨都是热闹的，很多学生乘车来上课，也有一些结伴同行。偶尔多一两个转校生，实际上是没有多少人在意的。除非他的来头很大，或者完全没有来头根本不配待在这所学校里。而桃子的情况非常特殊，因为就连一些消息灵通的“八卦”人士也弄不清她属于哪种情况。这是她来到花帝学院的第二天，关于她的传闻多了一层扑朔迷离的意味，而一些人也在考虑着对待她的态度是否需要转变。更有人大胆推测，桃子介于以上两种可能之间，目前却是谜一样的人。

原本有了诸多的猜测，桃子在学校里的日子会好过一些。毕竟在没有完全明确之前，班上的任何同学即使有想法，也不敢轻易流露出来，谁知道会惹上什么样的人呢？但是这样的安宁只持续了短短的一上午，直到安哲一出现。

安哲一出现的时候，展晴雯也着实吓了一跳。她怎么也不会忘记昨天晚上，那个家伙横抱起她，将大把鸡翅膀丢到她的脸上，最后凶巴巴地追问凌小九也就是桃子的下落的情景。看！展家究竟惹上了什么样的家伙！不过展晴雯还没有来得及问凌小九。昨天晚上回到家发生的状况实在出乎她的预料。

桃子记得很清楚，安哲一还没有走到自己跟前就已经在食堂里引起了一阵骚动。在花帝学院里，从来没有穿着外校校服的男生大摇大摆地走进来，并且旁若无人地喊着一个女生的名字。有很多人不明白他究竟是如何办到的。尽管事后大部分女生一致认为安哲一是难得一见的英俊少年，不过……他粗鲁的举动还是让所有人都震惊了。

安哲一穿着花乐高中的制服，白色的衬衫少扣了三颗扣子，露出结实的胸肌。胸口处的校徽上还沾着一小块污渍，那是昨天下午他扶起不知被谁推倒的摩托车时碰到的。蓝色的制服裤子有一点点褶皱，但是仍然无法掩饰他修长的双腿。他的头发没有精心修饰过，安哲一向来讨厌在上面涂抹一些黏糊糊的东西，可它们还是恰到好处地散发出绸缎般的光泽，特别是脸颊两侧稍长的发丝，将他的脸型勾勒得十分性感。

他在食堂里找到她的时候，心底涌起一股说不出情绪。是的，就连他自己也说不清楚！可是几秒钟之后他生气了！因为桃子投向他的目光居然没有重逢的喜悦，反而让他感觉出一丝厌恶的意思。

要知道，能在这一刻相见，他是多不容易才办到的！

安哲一站在离桃子只有三米的地方，中间原本还在吃饭的同学都下意识地让开，于是他们两个人的视线顿时变得没有任何阻碍。当然如果食堂老师同意，一些人是很想把桌椅一并挪开的。这种偶像剧似的场景，让花帝学院的女生们十分向往，除了展晴雯。

桃子起初听到有人大喊自己名字的时候，以为产生了幻觉。毕竟在这里，连展晴雯都称呼她为“凌小九”。而且来到花帝学院两天，还没有哪个男生同她讲过话。那声音十分熟悉，让桃子的心猛地一疼，疼得她的手一颤，筷子掉在了地上。安哲一那看起来十分霸道，十分招摇的身影出现在她面前的时候，她的心更加疼了起来，另一只手里的盘子也摔在了地上。

他站在那儿，原本还期望能有一个激动人心的拥抱。他觉得他们两个人莫名其妙地分开了好几天，他就这样“从天而降”似的出现，一定能让她感动得热泪盈眶。他甚至在走进食堂大门之前，还练习过自己的眼神，想着要像偶像剧里的男主角一样出现，想着一切温馨而感人的画面……

两个人的目光变得格外复杂。原本还有人在周围小声地议论，但是因为这拉锯战似的沉默，以及电光火石般的眼神交错，那些聒噪的女生都闭紧了嘴巴。空气里顿时弥漫着说不出的诡异，仿佛连细小的呼吸声都可能引发惊天动地的战役。

沉闷而紧张的对视终于在桃子若无其事的动作中结束。她蹲下身子，开始收拾刚刚打碎的盘子，就像周围没有一大群同学在看着她，就像三米之外没有一个正在发怒的男生即将冲过来。她抿着嘴唇，明亮的眼睛里满是固执。她并没有忘记……有个女孩在安哲一的屋子里，他们……

那是十几个小时之前发生的事情，尽管对桃子来说仿佛过了几个世纪那么长。

“喂！桃子，你在干什么啊？是我！”安哲一真要被她气死了！她当他是空气吗？

桃子还在认真地捡着地上的碎片，好像此时此刻没有比将这些盘子的碎片打扫干净更重要的事。

站在她身后的一个女生终于按捺不住了。女生觉得，如果再不做点儿什么，那个眼睛里都快喷出火的家伙会马上冲过来。

她小心翼翼地拉了拉桃子：“那个……凌小九同学，有……有人叫你。”

桃子把最后一块碎片捡起来，平静地回答：“是吗？我没听见。”

安哲一炯炯有神的眼睛似乎从来没有瞪得这么大，仿佛下一秒钟眼底就能迸发出可怕的火焰，不过他还是克制住满肚子的怨气，低吼了一声：“桃子！”

站在桃子背后的女生哆嗦了一下，小声提醒道：“凌小九同……同学，他……他真的在叫你。”

桃子站起来，把碎片放在桌子上：“我不认识他。”

还没等女生反应过来，安哲一已经一个箭步冲上来，怒气冲冲地一把将桃子扛到肩膀上：“那好！现在我就和你好好儿地认识一下！”

“放开！放开我！”桃子的身子挂在安哲一的肩上，她拼命用手捶着他，也顾不上脑袋突然充血带来的眩晕。

可安哲一就像是什么声音都没有听到似的，抱紧桃子的腿，然后在一群目瞪口呆的同学面前大摇大摆地走出食堂，当然其中包括同样呈惊讶状的展晴雯。

直到他的身影完全消失，食堂里呆若木鸡的一群人还愣愣地站在原地。要不是桌子上放着桃子亲手捡起来的盘子碎片，很多人实在不愿意相信自己的眼睛。

从花乐高中大门向右，如果骑摩托车大约二十几分钟就可以看到那栋小公寓坐落在花町西路上。尽管算不上繁华地段，但这里是居住楼密集的地方，几条街道平日里都很热闹。

宁浩在1号楼的1701室门口已经站了整整十分钟了，按了很多次门铃，得到的回答都是："等一下！"于是他一直等到现在。

房门终于打开了。蓝琦裹着浴巾站在门口，一副懒洋洋的样子。看见宁浩不耐烦的表情，她并没有理会他，转过身继续用毛巾擦着头发。

宁浩反手将门关上，不客气地抱怨起来："表姐，你一天要洗几次澡？我来十次有八次你都在洗澡，你不用交水费是不是？拜托你懂得节省一些！"

蓝琦把毛巾丢进浴室里，伸着懒腰倒在客厅的小沙发上。这是套一室一厅的房子，有简单的家具，装修也很普通。当初蓝琦落魄地回到这里，本以为可以找宁家帮忙，谁知道又出了很大的事。不过多亏宁浩还算有些门路，帮她托关系租下了这里。每个月的租金也都是宁浩想办法垫付的。

"谁让你总是逃课跑出来的？别怪我没警告你，学还是要上的。"这是蓝琦回来之后，唯一像姐姐一样说过的话。

宁浩把头盔丢向她，他的脸上总是挂着一抹邪气。

"现在对我来说念书还有什么用处吗？"

“当然。”蓝琦将他的头盔放在茶几上，随手抓起背后的靠垫抱在怀里，“这件事情你可以不用参与进来的，你还有你的生活……”

“我的生活早就颠覆了！”蓝琦还没有说完，宁浩就任性地打断了她的话，“我来可不是听你教训我的。”

“不会是来蹭饭吃的吧？”

“说正经的。我觉得那个家伙该来找你了。”

蓝琦微微卷曲的长发显得妩媚动人，她有着一张迷人的面孔，却过早地添上了一抹成熟，她的嘴角溢出好看的笑容：“也该是做个了断的时候了。”

“我以为你要找到孩子之后才会惊动他。”宁浩坐到她旁边，两条腿跷到茶几上，“接下来的事情要怎么办呢？”

“我找了很久了，始终没有下落。”这恐怕是蓝琦心底最痛的伤，所以每次提起，她都会觉得胸口处像裂开了一个深不见底的洞，空荡荡的，没有鲜血流出来，却传出撕心裂肺的痛，让她无法呼吸，几乎窒息。

宁浩侧过头，冷峻的脸上流露一丝不悦：“你要借助他的力量？”

“不……”

“自欺欺人！”宁浩嘲弄似的笑了起来，“你心里已经有了主意，只是不愿意说出来罢了。你以为我真的不知道吗？”

蓝琦收起眼底的悲伤，可那幽暗的瞳孔里分明闪过一丝凄凉。她直起身子靠近宁浩，刚刚沐浴过的身体散发出淡淡的奶香。

她对他说：“那……你倒是说说看，你是怎么猜出我的想法的？”

宁浩皱起眉毛，带着邪气的目光中露出一抹怒气：“别总是把我当小孩子！”一边说，他一边一把推开蓝琦，拉开两个人之间的距离，“还有，不要总是对男人摆出这样的姿态！”

“你是男人？”蓝琦故意逗弄着眼前这个和自己一样过于成熟的弟弟。

“起码男人有的我全都有。”宁浩不服气地白了她一眼。

“是吗？”蓝琦一手托着下巴，一手将肩膀上的头发拂到背后，“那……让我看看。”

“表姐！”

这与生俱来的邪气与不正经或许真的是他们家族遗传下来的，要不然一向放荡不羁的宁浩怎么在蓝琦面前彻底弃械投降了？这可真是道高一尺魔高一丈！

蓝琦摆摆手：“开玩笑的。”

“我知道！”宁浩气鼓鼓地站起来，抓起茶几上的头盔。本来他还想多待一会儿，学校里的课实在无聊，不过再待下去他一定会吐血的，于是只好选择另外一个去处，况且这几天他真的该去看看了。

“这就要走了？”蓝琦再次将靠垫抱在怀里，一副笑眯眯的样子，可那迷离的眼神却显得格外空洞落寞。

宁浩没有回头，一边开门一边轻描淡写地回答：“我去医院看看。”

“小心点儿。”

“这话应该我对你说。”

紧接着，“砰”的一声，门关上了。

蓝琦收起笑容，用纤细的手指在膝盖上胡乱画着什么。她觉得她可以画出一些简单的形状，可是那冰凉的指尖碰触到同样冰凉的皮肤时，心底却隐约传来说不出的痛楚。已经四年了吗？过了那么久了……可是不管时间过去多久，岁月始终无法将脑海中的一些记忆清理干净，所以该来的总归会来……

是该了结的时候了……

安哲一自然不是大摇大摆地从正门进来的。即使他再怎么嚣张，再怎么不把这所全市有名的重点学院放在眼里，这里毕竟还算是“守卫森严”。

他把桃子扛出来的时候，一路上有不少人行注目礼。幸好是午休时间，教员们大多在休息，周围的小骚动也并没有引起保安人员的注意。当然在安哲一被气得快要爆炸的情况下，就算有人来阻止他，结果还是一样的，他今天必须要把她带走！她居然用那样的目光看他！居然说出那样的话！难道才短短几天，这个丫头就完全被展家洗脑了吗？

“放开我！”桃子觉得自己的脑袋都要因为严重充血而短路了，而这个从来都没有这样粗鲁对待过她的罪魁祸首竟然还不准备放开自己。

安哲一大步向花帝学院的后门走，他就是从那里翻墙进来的。当然这会儿他还不至于把桃子像货物一样一把扔出去。安哲一还在想着要怎么把她带出去的时候，背上突然传来一阵钻心的疼痛……

他忍不住叫了一声：“啊！”

桃子并没有松口，而是加大力度又在原处咬了一下，刚好把昨天的怨气一并发泄出来。

安哲一一把将她放到地上，想伸手去揉被咬的地方，偏偏那位置自己怎么也够不到，只能拼命忍着，精致的五官都扭曲了。

“你疯了是不是？”他低吼了一声，语气里满是抱怨。

“我就是疯了！难道你不是吗？比起我，你的行为更像是疯子！”桃子不服气地喊道，“是你先冲进来企图绑架我！”

“哈！我绑架你？”安哲一顾不上背上的痛，几步走到桃子面前，托起她的下巴。桃子挣扎了一下，可是他的力气大得吓人，他们的视线不得不交错在一起。

“你弄疼我了！”

安哲一却不管这些。这是他们认识以来，他第一次冲她发脾气，然而没想到第一次就这样气势汹汹，一发不可收拾。

“我就是要让你疼！最好疼醒你！”

桃子固执地瞪着他：“疯子！”

“疯子就疯子吧！”

幸好他们两个人已经在靠近后门的地方，这里平时没有什么人来，加上四周都有茂密的树木，还是很容易隐藏身影的。

也许是心情烦躁的缘故，原本并不那么燥热的天气因为这僵持的争吵而显得沉闷。桃子的额头上沁出一层细密的汗水，可她仍然眯起眼睛不肯退步地望着对面的人。

安哲一托起她下巴的手渐渐潮湿起来，在对视中他那快要被气晕的脑子渐渐清晰。他望着桃子明亮的眼睛，看着她眼底那抹熟悉的固执与任性，只有一个念头深深地缠绕着他。

他真的很想念她！

午后的风吹乱两个人的发丝，树荫下交织在一起的影子变得模糊不清。四周没有喧闹的声音，没有扰乱心绪的一切。

“对不起……”安哲一放柔声音，一把将桃子搂进怀里，他将脸埋进她带着清香的发丝中，眷恋地享受着这熟悉的味道，“我不该弄疼你，可你真让我生气。”

桃子的心也软了下来，她咬着嘴唇，快要咬出血来了，可眼泪还是不争气地落了下来。她告诉自己不可以被他骗到，她告诉自己一定要挣脱这温暖的怀抱，可是……她却怎么也没有办法移动身体。她把头靠在他的胸膛上，听着那有节奏的跳动声。她觉得，这样真好。

听到桃子的抽噎声，安哲一更加责怪自己。他一遍又一遍地在她耳边说着：“对不起！对不起！都是我不好……”

“当然是你不好！”桃子把眼泪和鼻涕一股脑抹到安哲一的上衣上，仰起脸抱怨道，“你以为我什么都不知道吗？”

“嘿！我的衣服……”安哲一摊开手，看着自己湿了一大片的衬衣，猛地反应过来，“你说什么？”

桃子推开他，大声重复着：“你以为我什么都不知道吗？”

安哲一莫名其妙地反问：“你都知道什么了？”

“我什么都知道！”桃子像个任性的孩子抓住了偷吃糖果的罪犯，指着安哲一的鼻子说，“昨天中午我去找你了！我全都看见了，就在你住的地方！你——就是你！”

“你昨天去找过我？”

“这都不重要！重要的是我什么都看见了！就是看见了！”桃子还在一个劲地强调着重点。是的，对于她来说，没有什么比那更重要！

安哲一沉默了几秒钟，随即恍然大悟。他终于明白了桃子口中所说的是什么事，也终于明白了这丫头在见到自己的那一刻，为什么像见到仇人一般。这是一场多么可笑的误会啊！都是宁浩那小子害的！

可他并不打算立刻将误会解释清楚。他第一次看到桃子这张因为在乎自己而变得愤怒的小脸。明亮的眼睛里闪过一抹坏坏的笑意，安哲一故意摆出一副后悔莫及的样子。

“你的意思是说……我做的事你都知道了？”

“你还有什么好解释的吗？哼！”

“我……”

见他低下头，突然变得难以启齿的样子，桃子的心猛地一沉。尽管自己亲耳听到了那女孩子的声音，尽管自己亲眼看着安哲一走进了房间，然而在内心深处，她多么希望能听到一些解释，解释昨天的一切不过是个误会，他什么都没有做过，而现在……他什么都不解释，难道一切都是真的？他们……又该怎么办呢？

桃子的心底升起一股怨气，她的心情却又说不出的复杂。她该拿他怎么办呢？

“你承认了！你什么都承认了是不是？”

面对那焦急的催促，安哲一抬起头，英俊的脸上竟然挂着笑容。他笑嘻嘻地问：“那你先承认自己在吃醋！”

“浑蛋！”桃子快被气炸了。

安哲一终于心满意足地张开手臂：“好吧！好吧！我认输。你真的误会我了。”

于是，他将昨天的一切一五一十地告诉她。

展千羽白色的身影在公寓的正门前停留了足足有一个小时。一些进出的居民好奇地打量着他，然而他将那些目光全部过滤掉。在他的世界里，只有那扇许久没有被打开的记忆之门。

花坛边种着几棵法国梧桐，树下有两张长椅。展千羽走到长椅边，静静地坐下，对面十几步的地方就是公寓的正门。他望着那个入口，却始终无法下定决心走进去。那是在四年前就已经封存的记忆，他以为那些往事永远不会再被唤醒。他以为他就这样了，没有目标，没有方向，平静地过完自己的人生。他觉得这是老天对他的惩罚，惩罚他年少轻狂时的无知和懦弱，惩罚他身为展家继承人的无奈和悲哀。

掌心的纸条已经被汗水浸得潮湿，上面的字迹渐渐模糊起来，可地址不会错，就在对面公寓的17楼，1701室，在那扇门的里面有他想要知道的一切，有他必须要面对的一切，然而……

几片叶子旋转着落下。没有风，可叶子还是旋转起来。其中一片落在展千羽的肩膀上，点缀着他白色的衬衣，犹如他过去二十二年的人生，即使再怎样一帆风顺，再怎样风风光光，总有那么一点瑕疵是无论如何也抹不掉的。

展千羽将叶子取下，修长的手指拂过有些泛黄的叶脉。他觉得此刻的自己竟是那么苍白……如果见到她，要说些什么呢？那个本该在四年前就凋零的生命，现在居然完好无损地坚强地生活着，而懦弱逃走的他，该如何面对这一切？她……会宽恕他吗？

公寓1号楼，1701室。

卧室的窗子正对着花坛的方向。法国梧桐茂密的枝叶像一顶巨大的帽子，而那长椅上的人竟然变得如此渺小。

熟悉的白色身影依然安静地坐在那儿，仿佛仅仅是花坛边的一尊艺术品，完美地点缀着小区的风景。

蓝琦坐在窗边，白色的纱帘将她隐蔽得很好。她依旧裹着大大的浴巾，嘴角依旧挂着妖娆的笑容。她凝望着楼下的人，她觉得四年来自己从来不曾这样平静过。她浓密卷曲的发丝衬托着她细腻光滑的肌肤，上翘而整齐的睫毛在眼角处投下阴影。她静静地望着他，目光犹如最初相见，却不再带着温暖与眷恋。

在那幽怨的眼中，晶莹冰冷的液体一点儿一点儿地堆积起来……

安哲一在墙角处蹲下身子，回头冲桃子摆了摆手："快点儿上来！"

"要我踩着你？"桃子有些不好意思。

"刚才你不是想吃了我吗？"

桃子嘴硬起来："现在我也没有完全相信你说的话啊！"

"所以我才要证明给你看！我带你去找她！"安哲一拍了拍自己的肩膀，"别耽误时间了，我可不想失去为自己洗刷'罪名'的机会。"

"可是……"

桃子犹豫着看向教学楼的方向——又要逃课？尽管她并不喜欢待在花帝学院里，然而这样连续在上课时间逃之夭夭，不晓得被展家的人知道了会怎么样？

就在她幻想着无数种可能的时候，安哲一却等得不耐烦了，站起身几步走到她跟前。没等桃子反应过来，他便钻到她的胯下，一下子将她驮了起来。

"哎呀！你干什么？"

"还能干什么？"安哲一露出委屈的表情，"你以为我想这样被你当马骑吗？你最好乖乖地给我爬上去，不然我真的要发火了！"

桃子把心一横，终于下定了决心："死就死吧！"

于是在来到花帝学院的第二天，她在安哲一的协助下再次逃离了学校。

安哲一的摩托车就停在后门外，和宁浩每次停的位置居然差不多。当然他能如此顺利地摸进来，都是宁浩传授的经验。

尽管安哲一并不确定蓝琦是否待在自己的住处，不过今天他顺利见到了桃子，已经很开心了。能够这样把人带出来，即使没有办法第一时间找到蓝琦澄清昨天的事，他也会把这一下午的时光当成甜蜜的约会时间。

摩托车飞驰在宽敞的马路上。桃子戴着头盔靠在安哲一的背上，心里有说不出的踏实，这是最近几天以来，难得的平静。其实她早就相信了他的话，她觉得不管他说出什么理由来，她都会欣然接受。因为她实在不愿意再承受昨天下午那样的痛苦，可她觉得就这么表现出自己的想法，那会让安哲一非常得意，所以在他面前，她宁可违心地说着假话。严格说起来也并不完全都是假话，至少自己是很想见见那个女孩子的。她还记得那个女孩子娇滴滴的声音，这会儿想起来，还是有一股醋意冲上头顶。所以她想见她。

午后的花町西路上，一辆急驰而来的摩托车渐渐靠近公寓……

然而安哲一和桃子从停止的电梯里走出去的时候，他们怎么也没有想到，隔壁的电梯正载着展千羽和蓝琦缓缓下降。

门铃有些不耐烦地响着，1701室的门始终没有打开。

安哲一倚在墙上，在心里一遍又一遍地骂着，自己还真是不走运。尽管在路上的时候，他觉得即使蓝琦不在家也无所谓，反正真相早晚会大白的。然而现在，他又认为这种误会还是越早解释清楚越好。

"我看，里面根本就没有人。"一旁的桃子得出结论。

“那我带你去找宁浩！那是他表姐，他也可以证明。”安哲一拉着桃子往电梯的方向走，“再说昨天也是他把人送去我那儿的，他的话你总该相信吧……”

桃子没有跟上去，而是站在原地把手缩了回来。

安哲一以为她生气了，正想着要怎么喊冤，桃子却一脸温柔地开口：“算了，我相信你。”

这突如其来的逆转让安哲一一时没反应过来，几秒钟之后，他好看的脸上才露出一抹惊喜的笑容：“你相信我？”

桃子点点头：“是啊。”她上前挽住他的胳膊，将头轻轻靠上去。

“可是……可是你还没见到她，怎么就相信了呢？”安哲一还是搞不明白缘由。

桃子对准他的胳膊一口咬了下去。

“啊！”安哲一皱着眉毛直叫疼，“你又发什么神经啊？”

“谁叫你问个没完？相信你就是相信你。”桃子凶完他，眼神又柔和下来，带着一丝羞涩小声说，“我还有好多事情要和你说呢！这几天真的发生了很多事……”

安哲一忘记了胳膊上的疼痛，伸手将桃子搂进怀里，轻轻地在她的额头上吻了一下：“好……那你都讲给我听……”

电梯里静得仿佛只能听到两个人的呼吸声……不！是一个人的！只有蓝琦轻微的呼吸声。站在她身旁的展千羽却像是全然没有生命一般，安静得感觉不到他的呼吸，他的心跳。就像他仅仅是一件完美的艺术品，或者是一座没有生命的雕塑。只是此时此刻他的脸色比平时还要苍白，连身上那崭新的白色衬衣都黯然失色。在儒雅高贵的外表下，他的内心竟冰冷彻骨。

“叮”的一声，电梯门打开了。

蓝琦还沉浸在自己的回忆里，展千羽已经迈步走了出去。等她意识到的时候，公寓的自动门早就敞开了，她几步追了上去。

刚走出门，目光扫过花坛边，蓝琦忍不住愣了一下。

展千羽回过头，发现她在出神，轻轻唤了一声：“怎么了？”

蓝琦精心修饰过的眉毛微微皱了一下，那红白相见的摩托车她似乎在哪里见过，如果她没记错的话……

听到展千羽的声音，她赶紧拉回思绪，轻描淡写地回了一句：“没什么。”

下午3点整，小区里没有什么人走动。天气说不上是明媚还是阴沉，总是有云朵浮动，偶尔阴影将某栋建筑覆盖，空气里有潮湿的味道。

展千羽仍然没有从刚才那一瞬间的错觉中清醒过来。他怎么也无法忘记门打开的时候，那张熟悉的面容出现在他的眼前的情景。仅仅那么一秒钟，他觉得自己的心脏仿佛停止了跳动，整个世界都没有了声音，时间定格在那一个画面……尽管之前从私家侦探那里得到了消息，尽管看到了那些照片，可她真切地出现在眼前时，他还是无法克制自己的情绪。

四年了……时间过得可真快。

蓝琦裹着浴巾，洗过的头发已经不再那么潮湿，可仍然能闻出洗发水的清香。她凝脂一般的肌肤虽然没有四年前那么白皙水嫩，却多了几分成熟的气息。她微微歪着头，瞳孔里映出一张精致无比却略显苍白的面容。

她说："嗨。"

展千羽的世界被彻底颠覆了。

他的眼底没有任何生气，像沉寂千年的寒潭，只有诡异悲凉的雾气一点儿一点儿地蔓延着，像要将最后的希望与意识全部吞噬。他觉得自己应该说点儿什么，可是那好看的嘴唇怎么也无法开启，像一扇紧锁的大门，开门的钥匙已经沉入了深海之中。

"你要继续站在这儿吗？"蓝琦的脸上没有一丝惊讶，仿佛这不是他们分别四年之后的见面，而仅仅是隔了一夜，隔了一小时，隔了几分钟而已。她平静的语气没有任何波澜，没有惊讶，没有怨恨，什么都没有。更感觉不出她是在对谁讲话，对怎样一个人讲话。

展千羽的嘴唇动了一下，尽管只有一个字，可他的声音听起来还是微微颤抖："不……"

蓝琦微笑，她凝视着他那双好看的眼睛："那进来？"

展千羽的脑袋里一团糟，他努力让自己平静下来，可纠缠在一起的不仅仅是他脑子里的思绪，还有他身体里的每一个细胞。

他有些失态地拉住蓝琦的手腕，他搞不懂自己是想把她拉进怀里，还是想把她拉到离自己更近一点儿的地方，好看清楚那张熟悉的面孔。可此时他们明明近在咫尺……

"你还活着！"

蓝琦伸出手，指尖轻轻按在他冰冷的嘴唇上："你说呢？"

"可当年是怎么回事？"

蓝琦裹着浴巾的身体微微颤抖了一下，可她嘴角的笑仍然平静地绽放着，她问他："你想在这里说？"

展千羽松开自己的手，闭上眼睛深吸了一口气："你去换衣服吧，我们出去说。有太多的事我需要弄明白。"

"好。"

蓝琦转身走进屋里，门……紧紧地关上了。

在等待的那十几分钟里，展千羽一度产生了可怕的念头，他害怕那扇门再也不会打开了，他害怕门再次打开的时候，站在自己面前的不会是那张妩媚的面容，而是一具没有了血肉的尸骨，他更害怕刚刚发生的一切完全是一场梦！蓝琦重新走出来的那一刻，他狂乱的心终于安定下来。

公寓正门通往小区入口的路并不远，他们走得很慢。青石板铺成的道路上，蓝琦的高跟鞋发出清脆的声响。展千羽记得，那时的她只喜欢穿运动鞋。他觉得身边的人是那样熟悉，却又那样陌生。他觉得这四年像是什么都没有改变，却又什么都变了。

一串好听的音乐声响起，展千羽停下脚步。会是谁打电话来呢？偏偏在这种时候！

屏幕上的号码不停闪动着，像是召唤着什么的咒语，让展千羽有一种不太好的预感。果然，电话一接通，展静焦急的声音传来。

展千羽好看的眉头立刻皱紧了。身旁的蓝琦似乎也意识到了什么，她侧着头，眼神深不可测。

"好。我马上赶过去。"展千羽收起手机，转身对蓝琦说，"对不起，我现在有事情必须离开。我们再约时间好吗？"

蓝琦轻轻点了点头，冲他微笑。

展千羽走了几步，想起什么似的又掉转回来："你的电话号码是多少？我怎么联系你？"

"找我就到这儿来。"蓝琦指了指背后的公寓，指尖对着十七楼的一扇窗子。

"好……"

安静的白色身影终于消失在小区的入口处，一同消失的还有蓝琦唇边的笑容。她眯起眼睛望向天空，阳光并不那么刺眼，可她还是觉得一阵疼痛……

CHAPTER 05

第五章

TEARS OF DARK INFECTION

I have been looking for someone to shed some light
Not just somebody just to get me through the night
I could use some direction
And I am open to your suggestions
All I want to do is find a way back into love
I can not make it through without a way back into love
And if I open my heart again
I guess I am hoping you will be there for me in the end
There are moments when I do not know if it is real
Or if anybody feels the way I feel
I need inspiration
Not just another negotiation
All I want to do is find a way back into love

SERIES OF DARK INFECTION

花町市中心医院位于离繁华街道不远的一条马路上。周围环境清幽，有公园和一些简单的休息场所。展千羽驱车赶到的时候，展晴雯刚好也被司机从学校里接来。

“哥，外公的情况怎么样？”展晴雯从车里钻出来，焦急地向门口跑去。

展千羽的脸色格外凝重：“不清楚。妈在电话里只是说让我们快点儿过来。”

两个人边说边跑进医院。电梯很快来到九楼的贵宾区。他们刚走出去就碰到了站在楼道里打电话的莫涛。

展晴雯是急性子，自然不会管这些，上前就连珠炮似的追问：“外公到底怎么啦？爸！你别打电话了，快点儿说啊！”

莫涛被缠得没办法，草草地对着电话那头的人吩咐了几句便收起手机。他刚想开口，抬头看了一眼，发现只有展晴雯和展千羽两个人，眉头一皱，他有些不悦地问："凌小九呢？司机没把她也一起接来吗？"

"她……"展晴雯当然不想让家人知道自己和宁浩那样的人有牵连，但是宁浩和安哲一又是朋友，万一说出桃子是被安哲一带走的，事情越闹越大可怎么办？

这时展静从病房里走出来，见几个人全待在外面，顿时发起火来："让你们赶过来就是为了守在门口闲聊吗？外公就在里面，快点儿进去！"

展千羽什么都没说，低头朝病房里走。

莫涛却提醒展静："凌小九没来。"

"什么！"展静转身望了一眼，脸色变得越发难看，"爸就是想见她！怎么能没把她接来呢？"

"派司机去接了，不知道为什么只有雯雯一个人过来。"

"她……"展晴雯见搪塞不过去，只好轻描淡写地回答，"她好像下午没在学校里。"

"人不在学校！"展静明显发怒了，可是又担心被病房里的展东海听到，所以还是努力压低声音。

莫涛也着急起来，一脸严肃地询问："她怎么会不在学校？雯雯，不是让你好好儿照顾她吗？人没了你都不知道！"

展晴雯很少被责怪，特别是这会儿因为一个微不足道的人被父母责骂，自然不服气，她脸一沉顶嘴道："难道让我在学校里寸步不离地跟着她吗？她是一个大活人！怕她到处走，你们干脆派人监视她不就完了！省得人丢了又来问我要！"

"雯雯！"莫涛又气又无奈，他拿这个任性的女儿一点儿办法都没有，只能转头问展静，“现在怎么办？”

“怎么办？你问我怎么办？”展静把气全撒在了老公身上，从他们十几年前结婚的那天起，她就习惯了这样对待他。尽管是入赘，但在展静看来，莫家仍然是高攀了他们展家，不然的话，凭借莫家的商业能力和经济实力怎么可能这么快就在东南亚打出一片天地，这还不是倚仗展家雄厚的背景支撑。

莫涛觉得在孩子们面前颜面无存，但也只能把气往肚子里咽。他压低声音劝道：“现在不是吵架的时候。我也不希望把事情办砸，可是谁会料到那丫头又擅自跑出学校啊。”

见展静还是阴沉着脸，展千羽走到她身边搂住她的肩膀，为自己的父亲打圆场：“妈，您就别生气了。咱们还是快点儿进去吧，别让外公等急了。爸会再派人继续找她的，相信很快就能找到人带来医院。”

“是啊，我这就派人四处去找。说不定人就在孤儿院。”莫涛很识相地顺着台阶下了台。

展静不再说什么，但脸色还是很难看。她拉着展千羽和展晴雯的手走进病房，将莫涛甩在身后。

豪华病房有二十多平方米，配备了卫生间和厨房，一些生活上的电器一应俱全，当然还有二十四小时的监控设施，可以及时满足病人的各种需求。

展东海尽管已年过六旬，从外表上却完全看不出。即使现在身患重病，气色也不是很糟糕。他平静地躺在病床上，闭着眼睛，打着点滴，身旁摆放着一些仪器。护士小姐简单地检查了各项数据，记录下来之后便识相地离去。

“爸。”展静不敢太大声，平日里趾高气扬的她，在自己父亲面前还是毕恭毕敬的。

展东海并没有马上睁开眼睛。

病房里的气氛有些凝重而诡异。

“爸。”展静走到床边又轻轻地唤了一声，“孩子们来看您了。”

这是展千羽回来之后第一次被召唤来医院，也是他出国四年后第一次见到外公，心情不免有着说不出的复杂。当年发生那件事情之后，尽管外公极力反对，但态度并没有父母那般强硬，而坚持采取极端做法的仅仅是父母，酿成那样的悲剧之后，也是外公出面帮忙平息事端。在展千羽提出要到国外去平复心情时，展静和莫涛并不同意，是展东海最后拍板，坚决地投了赞成票。

然而展千羽怎么也没有想到，自己再回来的时候居然是在医院里见到外公。

展东海睁开眼睛，显得缓慢无力。他转动了一下脖子，目光落在展千羽身上，原本有些空洞的瞳孔像是有了清晰的焦点，显得激动起来。

“外公。”展千羽赶紧坐到床边，抓住展东海抬到一半的手，“我在这儿，我回来看您了。”

“小羽，你长高了。”展东海的手微微颤抖了一下，声音里夹杂着一丝沙哑。

“高了吗？等外公病好了，我要和您比一比。”展千羽露出温文尔雅的笑容，只是眼里明显蒙上了一层淡淡的雾气。

“外公！”展晴雯发出抗议的声音，“您怎么可以只看到哥啊！雯雯可是从学校赶来看您的！您居然连正眼都不瞧我一下！”

“雯雯！不可以这样讲话！”展静赶紧责怪道。

展东海却露出一脸慈祥的笑容，侧过头来开口：“从小宠到大，现在再说她还有什么用？这丫头都被你们惯坏了。以后的路还很长，小心她吃个大亏栽个大跟头。”

“不会的！不会的！”展晴雯赖皮地凑到床边，撒娇地说，“有外公在，不管出什么事情都可以帮我搞定！怎么会让雯雯吃亏呢？”

“总不能一辈子依靠外公吧？”

“还有爸爸妈妈！还有哥哥啊！”

“好了！雯雯，不要闹了。”展静清了清嗓子，示意女儿安静一些。

展东海看了看展静的身后，确定了一下房间里的人数，最后有些失望地询问道：“那孩子没有来吗？”

展静原本以为父亲看到展千羽和展晴雯心情一好，也许就忘记了凌小九。看来是她奢望过高了。实际上展东海最希望见到的还是凌小九。对于他来说，还有很多要验证和弥补的事，现在却没有办法亲自完成了。那么她是否会原谅他呢？

“爸。凌小九她……”

“她在学校里，要参加一场考试，是很重要的考试，所以不能请假。”没等展静说完，展千羽就微笑着打断了她的话，“外公，考试一结束她就会赶过来的。您放心吧。”

“这样啊……不要耽误她的功课。”展东海说着闭上眼睛，有些疲惫的样子。房间里的人全都以为他是因为病情的缘故不能讲太多话。只有他自己心里清楚，每当提起这个名字，脑海中有太多太多纠缠不清的回忆，让他不敢睁开眼，不敢面对自己，更不敢面对那孩子。然而幸好一切都还不算太晚，他还是有机会的。

见展东海不再开口，几个人安静地离开房间让他好好休息。

楼道里莫涛还在打电话，派人四处寻找桃子的下落。他来回踱着步子，脚步声显得格外烦躁不安。

展千羽那样说只不过是为了拖延时间罢了。他希望在有限的时间里，父亲可以顺利找到人。不过从回国到现在，他连外公到底得了什么病都不知道。就算要对外界封锁消息，也没必要连最亲的家人都隐瞒吧？而且外公的样子和“病危”两个字怎么看都扯不上关系。尽管脸色有些苍白，但情况看起来并没有那么糟糕。这究竟是怎么一回事呢？

尽管有一肚子疑问，但他并没有向父母询问什么。有些道理他很明白，从小生活在这样的家族中，知道得越少往往对自己越有利，况且外公的病情没有那么糟，怎么说都是一件好事，他该庆幸的。

展静在一个劲地责怪莫涛。要不是公司那边突然来电话称有紧急情况需要处理，恐怕莫涛的耳朵难得清静。虽然展千羽很想马上回去找蓝琦，但展静吩咐他回家等消息，如果桃子回来了立刻带她来医院。

莫涛和展静赶往公司的时候，寻找桃子的人已经到达了孤儿院。当然他们失望而归，桃子并不在那儿。然而黑色的轿车刚刚驶上马路，街道的另一边，红白相间的摩托车便急驰而来。

并不算宽敞的巷子里响起摩托车引擎的声音，一阵小小的烟雾过后车子终于在离孤儿院大门几米之外停稳。安哲一取下头盔，见背后的桃子仍然不肯松开抱着自己的手，笑着问道：“喂！你是不是想在我的车上安家啊？”

“是啊！是啊！”桃子靠在他的背上，两只手臂搂得更紧了，声音从头盔里传出来，“我们变成连体儿吧！”

“那我想去卫生间的时候怎么办？是我去你那边，还是你迁就我？”安哲一坏坏地在她的手上拍了一下，“还有洗澡的时候！我是不介意啦！”

“我介意！”桃子见他越说越得意，有些害羞地从摩托车上下来，摘下头盔递给他，“谁要跟你长在一起啊！想得美！”

“话全让你说了，我怎么办？”安哲一无辜地摊了摊手。

桃子用手指在他的鼻子上点了点，笑眯眯地说：“你就乖乖听着吧！”

安哲一没等她将手缩回去，一把握住，宽大的手掌刚好将她小巧的手包得紧紧的。

“你要回来找什么东西？”

“有一件事我忘记告诉你了。”桃子的表情变得认真起来，然后把曾经收到匿名信的事情一五一十告诉安哲一，“所以我想回来把那封信找出来。”

“信你放在哪里了？”安哲一听完之后并没有显得太惊讶，不过他脸上的表情格外严肃。

桃子摇了摇头：“当时我以为是谁在搞恶作剧，根本没放在心上。后来展家的人真的来了，我才想起信的事，但是已经记不起来把它放在哪儿了，说不定早就扔掉了。”

安哲一没有再开口说什么，他看着桃子微微皱起的眉头，一抹意味深长的神情在眼底闪过。

就在这时，从孤儿院里传出一个熟悉的声音。要是换成以前，桃子和安哲一肯定会有大祸临头的感觉，不过今非昔比，这会儿再听起来，总觉得这小恶魔已经蜕变成天使了。

龙龙出现在门口的时候依旧是那副圆鼓鼓的可爱相。这次他没有脱下裤子扭着小屁股跑出来，而是用稚嫩的声音嚷嚷着：“被我抓到了！被我抓到了！”

桃子和安哲一对望了一眼，都笑了起来。

“喂！小鬼，被你抓到什么了？”安哲一把车停稳，一把将龙龙抱在怀里，“哟！长胖了嘛！”

“大象也有变大哦！”龙龙冲他眨巴了一下眼睛，十分得意地问，“要不要比比啊？”

“是小象吧？”

“哲一哥哥，看来你很没有细心哦！”

桃子在他的小鼻子上刮了一下，提醒道：“是‘信心’，不是‘细心’。”

“都一样啦！”龙龙看了看桃子，又看了看安哲一，显得很高兴。尽管他平时在孤儿院里是大家公认的“开心果”，就算是恶作剧也会被百分之百地包容，不过他最喜欢的还是眼前的这两个人。

安哲一的大手在龙龙的头上摸了摸，他刚想说什么，突然发现小家伙似乎有哪里不太对劲，仔细看了看，忍不住皱着眉问：“小鬼，你生病了？”

桃子一听愣住了，这才发觉龙龙的脸色确实不太好，不像平时那样红扑扑的，反而有一丝苍白，嘴唇也显得很干，眼睛也不那么明亮有神了。

龙龙还是笑呵呵的，摇着小脑袋回答：“我没事啊！对了，大姐姐，刚刚有人来找你。他们可凶了。你和哲一哥哥是不是做了什么不可告人的事情，结果被人发现了？我看，你们两个要快点儿逃跑才行！”

还没等桃子和安哲一反应过来，院长在一位老师的搀扶下从孤儿院里走出来。一见桃子，她赶紧焦急地说：“展家刚刚派人来找你了，孩子，你怎么又偷偷跑出来了？快！快！快！听说有急事，你还是赶紧回去吧！”

“我才出来怎么就被发现了？他们也太神通广大了吧？”桃子有些心虚地喃喃

自语，忍不住抬头看了一眼安哲一。

院长走到她跟前，轻声责备道："你不该到处乱跑，毕竟你现在的生活不同了。每一个地方都有每一个地方的规矩，你在展家生活，就要遵守展家的规矩。听话，快点儿回去吧。不要让家人担心。"

家人？桃子觉得可笑。这个词听起来既熟悉又陌生，在她的记忆中，除了已经去世的妈妈，再也没有什么人能和这个词扯上关系了。她甚至连爸爸的样子都没见过，而现在将她带回去的展家，说到底她完全不了解，更别说融入到那样紧张严肃的环境中去。如果可以，桃子希望自己永远不要有家人，不要有家，就这样待在孤儿院里。

见桃子低着头不说话，安哲一将龙龙放到地上，轻轻地搂住她的肩膀："我送你回去。"

桃子从沉思中回过神来，这才想起还有一件最重要的事情没有做。她赶紧对院长摆了摆手，急匆匆地往里面跑："我要找一样东西。找到了马上就回去。"

院长来不及阻止，只能由着她没头苍蝇似的冲进孤儿院。

她轻轻叹了一口气，回想着展家的人说过的话。他们说以后不可以随便收留桃子，更不能透露有关桃子的一切，有必要的话……院长的心揪了起来。

东海经贸大厦坐落在花町市的商业集中地，独立的三十层写字楼，从整体装修到室内装潢全都体现出了展家雄厚的财力背景。欧式的风格简洁明了，但在选材上绝对以奢华著称。据说当年选择地段的时候，展东海曾请风水大师来看过，每一层的格局布置也是严格按照大师给出的建议设计的。

展静和莫涛的办公室都在二十九层。

展静站在大大的落地窗前，目光透过明亮的玻璃落在脚下车辆川流不息的街道上。这是他们从医院回到公司的一个小时以后，秘书打电话匆匆将他们叫回来的主要原因是，收购计划再次出现了新问题，而负责这个项目的人就是莫涛。当然也只有莫涛可以胜任，并不是说他有超越其他部门经理的能力，只是这个项目多少有些见不得光，交到自家人的手里无非是要掩人耳目。

“你说句话啊，咱们可以一起商量对策。”莫涛实在按捺不住了，看着展静的背影说，“我看不如……”

“不如你滚出展家！”展静转过身，她的脸上竟然带着一抹微笑，语气里却散发出十足的鄙视和轻蔑。

莫涛松了松领带，脸色难看起来。他受这样的窝囊气已经太久了，以至于在所谓的妻子面前，他早就忘记了身为一个男人的尊严，但内心深处，他比任何人都要痛苦。

展静坐回办公椅上，她望着对面沙发上的丈夫，心生一抹前所未有的厌恶。这都是父亲当年的安排，所有的一切，包括自己的人生。有时她很羡慕姐姐，可以痛痛快快地爱一场，不管结局有多悲惨，至少她曾经爱过了。可自己呢？对面这个软弱无能，遇到事情只会愁眉苦脸的男人便是她一生的归宿。

很多时候，她真的很想让他滚出展家。

“我知道你说的是气话。”莫涛将已经积聚到喉咙的怨气又咽了回去，这二十几年他习惯了这样，“我承认，在收购这件事上，我是失误了，或者说我不够心狠手辣。”

“心狠手辣？你是不是觉得我太阴险了？你才是正义的化身？”展静露出鄙夷的笑容。在那精致的妆容后，隐藏的是一颗冷酷的心。

“不，我并没有那个意思。”

“我们是商人，你以为自己是慈善家吗？”

莫涛轻叹一声，从沙发上站起来：“好吧。这次我会按照你的意思去办，相信我，不会再出任何状况了。”说完他迈步准备走出去。

展静却叫住了他：“等一下！爸那边的情况我还是不放心。”

莫涛闻声停下了脚步，转身看着自己的妻子，疑惑地询问：“你是说……爸的病情吗？”

“我们连爸究竟得了什么病都不清楚！”

“这……”

“你就只会这样吗？”见莫涛吞吞吐吐的，展静再次发怒，她一把将写字台上的笔筒打翻在地，“我怎么会嫁给你这个窝囊废！”

“这种事你冲我发什么脾气呢？我们又不是没有问过刘医生。”莫涛觉得委屈，却又不能怎么样，“她当爸的私人医生十几年了，爸的身体状况她最了解。关于病情爸有意隐瞒，也许就是不想让咱们跟着操心，所以刘医生怎么都不肯说。你让我能怎么办？”

“怎么办？你不会想办法去查吗？”展静气得脸色更加难看了，“你难道一点儿都不怀疑爸为什么好好儿地要把那个野丫头找回来吗？如果他老人家真有个三长两短，难道我们要把一半的家产分给她？你这个笨蛋！”

莫涛好言劝道：“凌小九不过是个孩子……”

“孩子？”展静冷冷地问，“她能永远是个孩子吗？如果她得到了大笔遗产，有朝一日知道了当年的事，你觉得我们会有好日子过吗？”

莫涛的心“咯噔”一下，很多画面一下子涌入脑海中。他扶了扶鼻梁上的眼镜，一下子沉默了。整个办公室里只剩下墙壁上那口古老的挂钟在转动着的“滴答”声，仿佛要将两个人的思绪带回十几年前。

冤孽啊！这一定是冤孽！

桃子进门的时候，展千羽正若无其事地坐在客厅的沙发上，随手翻看着一本财经杂志。他听到摩托车引擎声从门口响起时，下意识地看了一眼，便坐回原来的位置。他觉得最近这几天总是有摩托车从门口经过，让他的心情格外烦躁。

管家把门关上，桃子换上拖鞋走进去，多少有些心虚。见只有展千羽一个人，她总算松了一口气。

“那个……”她不知道该叫他什么好。

展千羽将手里的杂志合上，其实他什么都没有看进去，脑海中除了那乱糟糟的思绪之外，完全整理不出什么来。可他必须待在这儿，等一个尽管在某些地方和自己很像，实际上却完全陌生的女孩。他也不知道该如何与她相处。

目光幽幽地落在她有些惊慌的脸上，他平静地问：“又逃课了？”

桃子点了点头：“我知道不应该，可是……我有理由的。”

展千羽从沙发上站起来，尽管他的内心充满了乱七八糟的猜测与问题，但那精致的面容上却看不出任何波动。他看了看角落里的钟：“逃课的事情你想一个好一点儿的理由等着向我爸妈解释。不过现在我必须带你去医院，外公要见你。实际上，下午大家四处找你，就是因为外公突然要见我们，而你偏偏不在学校里。”

难怪这次这么快就被发现了。桃子这才恍然大悟。她被展家带回来的那天曾经听说过，就是因为展东海的身体出了问题，才想要桃子认祖归宗。然而当年的事情到底是怎样的，展家上上下下没有一个人肯在她面前提及，以至于桃子现在还被蒙在鼓里。当然对于这位所谓的外公她并不知道该抱着什么样的心态去见他。他会是怎样的一位老人呢？

尽管心里有些忐忑不安，桃子还是跟随着展千羽一同来到了医院。在路上她有些紧张地询问：“他凶吗？”

展千羽一直望向车窗外的目光并没有被桃子的声音吸引，这个儒雅安静的少年总是喜欢沉浸在自己的世界里，想着自己那些根本无法找到答案的问题。

桃子觉得在展家也只有和他能够交谈，但是他的安静有时让她有点儿无所适从。于是在进入展东海病房之前的这段时间，她只能自己构想猜测着所有的一切，不敢再去打搅身旁的人。她知道，他已经帮她很多了。

宁浩蹲在自己的摩托车旁，心里像压了一块大石头，沉闷得透不过气来。尽管医生说父亲的情况并不算太糟糕，然而造成这一切的罪魁祸首仍然逍遥法外。命运为什么这么不公平呢？商场上的竞争对还是高中生的他来说太过残酷和陌生，但是利益竟然真的可以让人丧失理智吗？

想到这儿，他颓然坐在地上，身后是花帝学院后门的围墙，这里是他每次等展晴雯的地方。这一切并不是蓄谋已久的，他更不想把这件事情算在她的头上，然而他看到躺在监护病房里的父亲时，所有事情的发生就变得理所当然了。

九月末了，每一次计算着时间，宁浩都会觉得有什么事情即将发生。

他摸到口袋里的香烟，嘴角扬起一抹淡漠的笑容。他想：算了吧！这便是命运的安排！又何必苦苦挣扎呢？

一阵秋风吹起他凌乱的发丝，宁浩将自己的脸深深地埋进臂弯中，他觉得眼睛有些酸涩，却还是勉强自己一直微笑。有一些事，不得不面对。

后门传来一阵声响。紧接着响起展晴雯冷漠的声音。她每次从这里进进出出要方便很多，完全不用像桃子和安哲一那般费力地翻墙，她早就弄到了后门的钥匙。谁叫她姓展呢！展家的人不管在哪里都能得到不少优待。

“不是说过让你在远一点儿的地方等吗？万一被人看到怎么办！”

宁浩抬起头，脸上又恢复了之前坏坏的表情。他眯起眼睛，嘴角挂着一抹邪气：“你是怕被人看到和我这样的人在一起，还是怕被人看到你也是和我一样的人？”

展晴雯举起手里的书包狠狠砸向蹲在一旁的宁浩，他总是能一针见血地直指她的要害。自从认识这个家伙以后，她就莫名其妙地被他吃定了。越是想要逃离，越是深陷得不可自拔。到了现在她仍然不敢确定，那晚的事情是自己单纯的发泄，还是一次说不清的误会，或者是……展晴雯咬了咬嘴唇，望着那张依旧挂着邪恶笑容的脸孔，她觉得其实他也是英俊的。

宁浩被砸了个正着，索性顺势坐在了地上。他仰起脸看她，懒洋洋地伸出一只手：“打够了就把我拉起来。”

“你认为我是这么好心的人吗？”展晴雯轻哼了一声，在他面前，她总是故意装出什么都不在乎的样子。实际上就连她自己也不知道，有什么可以抚平她内心的寂寞。

“原来你这么想看我坐在地上的样子。那好吧！我是无所谓！”宁浩伸了一个懒腰，样子看起来轻松极了，“不过别怪我没提醒你，再耽搁下去绝对是你的损失。”

“你又威胁我！”

“我有吗？”

“有！就是有！”展晴雯跺了一下脚，她最讨厌他那副无赖的样子，“你现在赶快给我起来！”

宁浩再次将手举到半空中，他的笑容里永远隐藏着一抹邪邪的坏：“那你拉我啊！”

“你——”

“快啊！”

一阵风吹过，展晴雯忍不住打了一个寒战。这种时节就是如此，早晚温差总是特别大。中午还阳光明媚的天气，到了夕阳西下的时候就变成了另外一个样子。

她不想妥协，因为在他的面前她总是先让步的那个。她实在想不明白为什么会这样！从小在展家长大的她，曾何时对同一个人放低姿态，除了外公之外，连父母的话有时她都会顶撞。可是……自从宁浩闯入她的世界以后，什么都被改变了。

很多事情都是这样鬼使神差没有理由。就像她明明知道今天不应该再出去了，特别是下午凌小九没有在医院出现，爸爸妈妈一定会为了她的事生气，说不定晚上家里会出状况，为了不受牵连乖乖地按时回去才是明智之举。然而接到宁浩电话的时候，展晴雯还是犹豫了。

她喜欢穿着叛逆的衣服游荡在一群疯狂的人中间；她喜欢感受那种刺激的气

氛；她更喜欢看宁浩骑着摩托车野兽一般飞驰在公路上。她和他的世界完全不同，她和他的人生完全不同，可展晴雯还是觉得，她和他一样害怕寂寞。

宁浩懒洋洋的声音再次传来：“到底还要想多久？不想多留一些时间给自己换装吗？还是说你想穿着花帝学院的校服去参加派对，让大家知道你就是大名鼎鼎的展家大小姐！”

“够了！别再用激将法了。我拉你就是！”展晴雯上前一步，伸出手想把宁浩从地上拉起来，然而让她没有想到的是，这个家伙居然一用力……

“啊！”展晴雯一个踉跄，身子猛地朝宁浩倒去，一下子被拉进他怀里。

宁浩顺势在她的脸上亲了一下，随后大笑起来：“这样多好！我们算扯平了！”

“你浑蛋！”展晴雯在他的怀里挣扎，宁浩却强壮得出奇。她越是挣扎，他越是抱得紧紧的。两个人全然忘记了正坐在地上，简直把粗糙的路面当成了舒服的大床，就这样滚在一起。直到展晴雯再也没有力气挣扎，宁浩才松开手，从地上站起来。

他喘着粗气，看着身上沾满了灰尘的脏兮兮的衣服，无可奈何地笑了。他像一个打赢了架的小孩子，脸上除了一抹邪气之外，还有一丝得意。最后他把手伸向展晴雯：“我投降。”

展晴雯一把拨开他的大手，有些吃力地站起来，白色的校服上衣脏了好几块。她白了他一眼，说：“虚伪！”却觉得心里一下子舒畅了起来。

宁浩的眼睛再次变得神采奕奕，他捡起展晴雯丢在地上的书包，拍掉上面的尘土递给她：“那我们算打了个平手。”

“你真无聊！”

“那又怎么样？所以你才会喜欢和我在一起，不是吗？”

“你还臭美了！”展晴雯朝摩托车走去。

宁浩跟上她，摘下挂在车把上的头盔利落地戴上。他的脸被遮住的时候，那坏坏的笑容消失得无影无踪。宁浩知道，他注定要伤害她。

CHAPTER 06
第六章
TEARS OF DARK INFECTION

I have been looking for someone to shed some light
Not just somebody just to get me through the night
I could use some direction
And I am open to your suggestions
All I want to do is find a way back into love
I can not make it through without a way back into love
And if I open my heart again
I guess I am hoping you will be there for me in the end
There are moments when I do not know if it is real
Or if anybody feels the way I feel
I need inspiration
Not just another negotiation
All I want to do is find a way back into love

车子在花町市中心医院停稳的时候已经是下午5点半了。整座城市褪去了华丽的外衣，人们开始变得行色匆匆。如果不是刚才在路上堵车耽搁了一点儿时间，他们本应该更早一点儿到的。展千羽在车上已经给莫涛打了电话，告知他们桃子已经回来了，并且正在去医院的路上。不过莫涛的态度让他觉得有一点儿奇怪。电话那头传来的声音里并没有如释重负的轻松，反而有一些莫名其妙的焦躁与紧张。莫涛让展千羽等一下再去医院，他和展静马上赶回家，可展千羽告诉他，车已经开出了一段路。莫涛还是千叮咛万嘱咐，到了医院之后等他们到了再一起进病房。

展千羽答应了一声，挂上电话之后心里有些说不出的沉闷。他望着车窗外，脑海中不停浮现出蓝琦嘴角那抹淡淡的笑容，那笑容让他觉得很心疼。

司机把车开到停车场，展千羽带着桃子走进医院正门。这个时间连医院里都人头攒动，电梯里挤满了人。桃子的心仍然是忐忑不安的，电梯越往上升，她的心情就越紧张，等待她的究竟是个什么样的人呢？她该如何面对这突然闯进自己生活的外公？这是有生以来桃子第一次感觉到这么无助和茫然。

“叮”的一声，电梯停了下来。桃子不记得自己是怎么走出去的，好像是展千羽轻轻推了她一下，或者是下意识地随着人流迈动了步伐。

“不用紧张，外公是个很好的人。”展千羽在走廊里停下来，环视了一下四周，指着一张空椅子说，“先坐一会儿吧。”

桃子乖乖地坐下。

晚饭时间，病房里偶尔会飘出饭菜的香气，但是大部分时候还是弥漫着消毒水的味道。即使在贵宾区也不例外。护士们轮番穿梭在各个病房间，仔细检查记录着每一位重要病人的情况，生怕有一点儿闪失会给自己招来不必要的麻烦。

“外公……是什么样的人？”沉默了几分钟，桃子还是忍不住开口问坐在自己身边的展千羽，“如果我真的是展家的孩子，又为什么会流落在外面？你可以告诉我吗？”

远远望过去，展千羽儒雅洁白的身影仿佛正停靠在云朵上休息的天使。他深邃的眼眸里总是弥漫着一丝阴郁，仿佛蔚蓝海底沉睡的宝石，那璀璨的光泽带着隐约的凄凉。

“这个，我的确没有听说过。”他的语气温柔而平静，却感觉不到任何情感，“要知道，在这样的大家族中，不管发生什么意外事件都会被无情地抹杀，就仿佛事情从来没有发生过。他们不会允许家族史上存在所谓的污点。你明白吗？”

“不……”桃子忽闪着一双明亮的大眼睛，眼里却满是迷惑。污点？这两个字传入耳畔的时候，犹如有人将一枚尖利的钉子，使劲钉在了她的心里。妈妈做过什么吗？一定是做过什么吧……那么她是被展家赶出来的？赶走她的会不会就是……就是躺在病房里的那个人呢？

就在桃子想尽量抚平慌乱的情绪时，一个陌生的中年男人走到了展千羽面前。

展千羽站了起来。

那人一身黑色的装扮，就像载他们来的司机一样，脸上挂着麻木机械的表情。他毕恭毕敬地对展千羽说："少爷，展董事长请您进去。"

"好。"

尽管搞不清楚外公是怎么知道自己在病房外面的，不过展千羽还是快步朝门口走去，刚走了几步，背后传来桃子疑惑的声音："那……我呢？"

没等展千羽询问，黑衣人便补充道："请先在这边等待一下。少爷出来之后请您再进去。"

"呃，好。"桃子只得乖乖地坐在椅子上，眼巴巴地看着展千羽走进不远处的病房里。那个黑衣服的中年男子则守候在门口，像足了保镖。刚刚她只顾着和展千羽讲话，根本没有在意这人是从哪儿冒出来的。看来这些人行事真的像电视剧里演的那样神出鬼没啊。桃子稍稍感慨了一下。

展千羽进去的时间并不长，大概也就十分钟。他走出来时依旧是那副波澜不惊的样子，看不出情绪上有什么波动，然而桃子看不到的是，在那张平静面容下隐藏着烦乱的思绪。

黑衣人站在门口做了一个"请"的动作，桃子赶紧站起身走向病房。她根本来不及想那扇门后等待着她的究竟是怎样的一个人，只觉得视野变得开阔的一瞬间，脑海中居然一片空白……

整洁明亮的病房，让人感觉不到任何死亡的气息，比起医院，这里更像是高档的疗养所。而躺在床上的人并非是一个患有不治之症的病人，仅仅是一个安静地享受着晚年生活的老人。然而这短暂的停顿不过是桃子大脑恢复运转之后一相情愿的幻想罢了。

尽管展东海不止一次地在心里告诫自己，不可以太激动，然而他看到那张似曾相识的面孔时，心底还是涌起了千百种复杂的情绪，像打翻了五味瓶，所有的感情全部混淆在一起。

当年他安排好所有事情，却没想到毁掉了自己女儿的一生。那个可怕的消息传来的一瞬间，他欺骗着自己，欺骗着周围所有的人，像个没有血肉的机器做出了最残酷的决定。他恨她！但……更恨自己。于是在很多个睡不着的夜晚，董事长办公室里的灯总是亮到凌晨，烟灰缸里堆满了烟头，桌子上没有茶水更没有咖啡，有的仅仅是一张又一张承载着回忆的照片。

展东海深深地吸了一口气，苍白的脸色不是因为病痛，而是因为那张与自己女儿极为相似的脸。她是她的女儿。仿佛那个天真烂漫的孩子又回来了。

“小洁……”展东海低低地唤了一声，颤抖着伸出去的手差点儿打翻床边摆放的仪器。

桃子下意识地上前将仪器扶稳，有些吞吞吐吐地回答：“我……我叫凌小九。”

“凌小九……”展东海的嘴唇艰难地张了一下，显得那么无力。谁能想到这位脆弱的老人是大名鼎鼎的展氏财团的董事长？谁能想到他的身价可以称得上天文数字？可此时此刻展东海觉得自己不过是个思念女儿的病人。

他闭上眼睛，努力让自己的心脏跳动得正常一些。他知道，自己的心，病得更加严重了。这个在十八年前就已经种下的病根迟早是要发作的，而现在该让一切都结束了。

“孩子，来，坐下。”

面对展东海的召唤，桃子有些茫然不知所措。不过在短暂的发呆之后，她还是乖乖地坐到了床边。她实在不习惯被人这样盯着看，她觉得自己的身体都要被看穿了一样。但不可否认的是，这位看起来格外激动的老人让她有种莫名其妙的亲切感，所以她不至于害怕他。只是……不知道该如何面对他。

“十八岁了？”

桃子摇了摇头：“不。还没有过生日。”

“我是你的外公。”展东海终于平静下来，他试图像个普通的老人那样与晚辈交谈，可他发现桃子和展千羽不同，更没有一丁点儿像展晴雯的地方。仔细看这个孩子，她让人觉得心疼。在接下来的日子里，他该如何弥补所有对她的亏欠呢？或者说之前所有的安排与计划都要改变……

“我知道。可是……”桃子忽闪着一双明亮的眼睛，她实在不习惯这样的交谈。自从妈妈去世之后，比起突然出现的展家，她觉得安哲一反而更像是家人。

展东海露出慈祥的笑容：“没关系。我知道一开始你会不习惯这种称呼，包括突然改变的生活。你有很多时间来慢慢接受、适应这一切。”

“谢谢。”桃子也试着微笑了一下，心情总算不像最初那般紧张。毕竟眼前的人和莫涛与展静的态度截然不同，这也让她舒服了许多。

“孩子，你恨外公吗？或者……”展东海停顿了一下，脸上满是愧疚，“或者恨整个展家？”

桃子却反问道：“为什么要恨呢？我什么都不知道，也没有人告诉我。说出来不怕你笑话，我现在提起自己的身世仍然觉得像做梦一样。我完全不知道在我出生以前究竟发生过什么，所以我根本没有理由去恨谁。”

“原来小洁什么都没有说。”

展东海疲惫地向后靠去，脑海中再次出现当年绝情的一幕。那的确是他的错，然而罪魁祸首另有他人。可惜的是，直到前不久他才得知一切。如果不是……算了！他欠他们的太多！

“妈妈的确从来没有跟我提起过什么。”桃子努力回忆着，但是她像突然想起什么似的举起右手，“可她反复提起我掌心的滴泪痣，她说，它很特别，好像还讲了一个故事给我听，可惜那时候我太小，根本没有记住。”

展东海仔细端详着那颗小小的红色的滴泪痣，它像一只睡着了的虫子安静地躺在桃子粉嫩的掌心，小巧又显得格外精致。他的心猛地一沉，心底再次涌起很多无法表达的情绪——这一切果然都是命运的安排。

他缓缓起身，伸手从上衣的口袋里掏出一张折叠起来的纸条小心翼翼地递给桃子：“孩子，我很想亲口告诉你一些当年的事，不过原谅我不能亲口告诉你那么残酷的真相。如果命中注定要这样，那么现在你必须要长大，要面对你未来的道路。”

桃子听得莫名其妙，看着手中的那张纸条，好几秒钟才反应过来。

她刚想打开，展东海便叮嘱道：“等等。回去之后再看里面的内容，而且不要让任何展家的人知道这件事，如果遇到实在解决不了的问题，迫不得已的情况下，可以求助于千羽。不管你做什么都要小心，孩子，懂我说的话吗？”

"呃。"桃子并没有完全听懂，可她下意识地觉得这张纸条上的内容似乎格外重要，而且与她的身世有着不可分割的联系。于是她点点头，把纸条放进口袋里。

展东海若有所思地笑了笑，重新靠在病床上。他有些疲惫地闭上眼睛，像是睡着了，又像是陷入了深深的沉思之中。床边的几台仪器仍然不时发出几声怪响，一连串桃子完全看不懂的数字出现在屏幕上。

她轻咬了一下嘴唇，一步一步地退出病房，生怕吵到床上的人。

桃子走出去的时候，那个黑衣人还站在门口，而与他形成鲜明对比的是坐在不远处椅子上的展千羽。他安静得仿佛没有生命，那洁白的身影在医院这种地方都显得过于干净纯粹。

"好了？"见桃子从里面出来，展千羽平静地站起身，却只是简单地吐出两个字，像是一早就知道谈话内容，或者完全不关心里面的人到底说了些什么。他始终是一个让人难以捉摸的少年。

还没等桃子开口，从电梯的方向火急火燎地赶来两个身影，特别是展静那双高跟鞋发出的清脆响声，在走廊里格外响亮。

莫涛跟在展静的身后。不过从他不时擦着额头上的汗的动作来看，从医院大门到楼上这段路，他们走得很急，展静脸上的妆也因为流汗的缘故稍稍花了。见展千羽和桃子都站在走廊里，他们像是松了一口气，脚步却没有慢下来。

也许是太匆忙，莫涛还险些撞上正从病房里走出来的一个护士。展静有些厌恶地转头瞪了他一眼，脸上明显挂着不悦。

展千羽唤了一声："爸，小心。"

"没事，没事。"莫涛顾不上主动道歉的护士小姐，跟上展静，几步走到近前，"你们来了多久？见到外公了吗？"

没等展千羽和桃子回答，站在病房门口的黑衣人走过来毕恭毕敬地说："很抱歉，总经理，副总经理，董事长突然觉得身体不太舒服，他想休息一下，吩咐我不让任何人进去打搅他。"

"是啊，爸，妈。我们来的时候就听说外公在休息，所以也不敢贸然进去打搅他，就一直等在这儿。"展千羽边说边将目光落在桃子身上，看似不经意，却在暗示着什么。桃子赶紧心领神会地点了点头。

展静轻轻扶了一下鼻梁上的眼镜，眼中明显闪过一丝疑惑，不过看着自己的儿子不动声色的表情，也着实看不出什么，只好转向黑衣人："那董事长有没有说大概什么时候可以进去见他？"

"董事长并没有交代。"黑衣人机械地回答。

展静沉思了几秒钟，然后转头对莫涛说："既然这样，我们就先回去吧，不要打搅爸休息。"

莫涛点点头表示同意。

于是桃子跟着他们一起走进电梯原路返回。她想起刚刚在病房里展东海说过的话，纸条的事情不可以让任何展家的人知道。难道外公在提防什么吗？考虑到这一点，展千羽之所以这样说无疑是为了帮她掩饰。他之前也进病房见过展东海，桃子有些好奇那时候他们说了些什么。尽管时间很短，差不多只有十分钟，不过事情一定没有这么简单吧？

走出医院大门，展千羽对莫涛说："爸，你和妈要回公司吗？"

莫涛并不太确定妻子的想法，犹豫了一下，看向展静。

展静仍然黑着一张脸，显然对没能进入病房见展东海有所不满。她并没有回答展千羽的话，而是将矛头指向了桃子。

“凌小九，你能为自己的行为做出合理的解释吗？还是说你完全不把展家放在眼里！”展静的脸上布满了阴云，像狂风暴雨来临的前兆。

天色已经明显暗了下来，夕阳慢慢收起最后一抹余晖，天边被染成金灿灿的黄色。在医院门口进进出出的人中，展家三个人的打扮显得十分惹眼。而穿着花帝学院校服的桃子很容易被人误会成不小心惹到有钱人而卷入麻烦的可怜少女，加上展静那尖酸刻薄的嘴脸，远远望过去，这幅画面像足了偶像剧里的蹩脚情节。

“是这样的，妈……”

“千羽！你最好给我闭嘴。”没等展千羽说完，展静便厉声打断了他的话，并且用警告的眼神示意他站到一边。

展静这种专制的态度，莫涛深有体会。他将手轻轻放在儿子的肩膀上，一方面算是简单的安慰，另一方面也是无声的规劝。

刚到医院的时候，展千羽已经提醒过桃子要想一个理由应对现在的这种场面。不过自始至终桃子的脑海中都是空荡荡的，特别是在进入病房见到展东海之前，她更是紧张得什么都想不起来。而从病房出来没多久，这两个人就一同赶到了。

“对不起。”桃子的声音很小，并不是因为心虚或者理亏，只是在这样人来人往的门口，她实在不想引起注意，“我并没有那个意思。只是……只是上课的时候突然觉得不太舒服，所以……”

展静皱起眉毛，用质疑的口气询问道：“那么，你是说你因为身体不适所以才提前离开学校？你想说你是去医院了？”

桃子轻轻点了点头，她并不确定这样说能不能蒙混过关。

“你去的是哪家医院？检查结果呢？”

“妈！大家都累了，能不能先回去再说？”展千羽不顾展静刚才的警告，平静地再次开口，他看了看四周，说，“而且站在这里实在太显眼了，难道你希望大家都知道我们是展氏财团的人吗？而且外公生病的消息一旦有媒体察觉，一定会大肆渲染，到时候搞不好又有哪家有实力的竞争对手来打我们财团的主意。您也不希望因为这点儿小事，引出一连串麻烦，是不是？”

莫涛似乎也不愿意站在大门口继续对这个问题纠缠下去。再说展静的声音尽管不大，可那咄咄逼人的气势着实惹眼，再这样下去不知道会发生什么事。

于是莫涛也跟着劝道：“我看，我们还是先回家再说吧。站在这儿的确影响不好。”

桃子低着头，逃避展静那可怕而凌厉的目光。她并不喜欢说谎，也很少有机会说谎，在展家这样的气氛下，她甚至连话都不太想说。

展静并不情愿就这样放过桃子，可眼下大家说的的确有道理，她只能让步，但心里仍然觉得不高兴，她厌恶地瞪了桃子一眼便朝停车场走去。莫涛一路追了过去。

等他们走远，展千羽才对一言不发的桃子柔声说：“好了，我们也回去吧。”

桃子这才松了一口气：“谢谢你。”

“我只是按照外公的吩咐在做事，所以你不用太感谢我，况且这样的事我也希望以后能少发生一点儿，毕竟不是每次都能顺利解围。”展千羽平静地说着，那张精致的脸上仍然满是淡漠。

然而他的话让桃子忍不住一愣。按照外公的吩咐……她越来越搞不懂这个家到底是怎么一回事了。为什么每个人看起来都那么深不可测？又为什么每个人都好像有着属于自己的秘密？他们……真的是一家人吗？

夕阳西下。桃子疑惑的脸被洒上了一层金黄色。她眯起眼睛，却发现眼前一片朦胧，太多看不清的东西挡在面前——到底谁才是真正可以信任的人呢？

本来事情并不算真正过去了，不过展千羽和桃子乘坐的那辆车回到家的时候，展静和莫涛的车却开向了东海经贸大厦。看来公司那边又出了什么状况，估计他们回到家的时候已经忘记了桃子今天逃课的事情。

展千羽像往常一样沉默地回到自己房间。他很想立刻去找蓝琦，但是脑海中除了那纠缠多时的往事之外，今天外公突然讲的那些话更是令他困惑不已。他在心里一遍又一遍地问着自己：这个家究竟怎么了？

就像暴风雨来临前平静的海面，看似波澜不惊，然而在惊涛骇浪到来的一瞬间，无数被埋藏在海底的暗涌都将风起云涌，只有经历过的人才会明白那种无法逃避只能眼睁睁迎接死亡的感觉。展千羽此时此刻居然就有这样的一种可怕感觉。展家，到底会发生什么呢？

桃子回到房间。尽管在这里住了好几天，比起孤儿院的那张小床，这豪华奢侈的卧室虽然华丽得犹如居住着公主的城堡，可桃子依然觉得陌生。她有些无力地倒在床上，她的脸整个陷在枕头里，柔软的感觉让她的身体越发疲惫。这一天显得漫长而烦琐，仔细回想起来竟然发生了这么多的事情。

突然想起在病房里外公交给自己的纸条，她赶紧翻身坐起来，从口袋里掏出纸条，小心翼翼地展开，纸条不是很大，上面写着两行遒劲有力的字。

花安街幸福疗养院。

8905。

第一行显然是一个地址，然而后面的数字是什么意思呢？桃子觉得格外迷惑，可是除了亲自去看看想必没有更好的办法了。要明天就去吗？如果是展家的其他人强制性地让她不要逃课乖乖遵守一些讨厌的规矩，桃子也许会嗤之以鼻，不过帮过自己很多次的展千羽也这样说，她觉得多少是有些道理的。既然外公不希望有其他人知道这件事情，自己一旦太惹人注意难免会遭到怀疑，看来要安分几天了。

桃子把纸条放回口袋里，又觉得不妥。思量再三，她还是决定把纸条上的字全部记在脑袋里，然后销毁证据。这样做才是最保险的吧，肯定不会有人知道这件事了。

在卫生间里把纸条烧掉之后，桃子总算觉得心里轻松了一些。可是这种如释重负的感觉没有维持多久，因为在她的脑海中还装着另外一件事，那便是下午安哲一送她回孤儿院的时候，她找遍了整个房间，几乎把每一个角落都翻了过来，仍然没有发现之前警告她不要来展家的那封信。记忆中自己并没有将它丢掉，当时尽管不相信上面的话，把它当成了某个人的恶作剧，但也只是随手放在了桌子上，或者是随意放进了哪个抽屉里，可现在……不见了。那个曾经试图阻止她来展家的人又是谁呢？

桃子百思不得其解，只好有些郁闷地从卫生间里出来。

不知道在房间里待了多久，桃子只记得中途有人叫她下楼吃晚饭，不过因为心情不好的缘故，她婉言拒绝了。整个晚上她都很想去找安哲一，也许他是自己唯一能够信赖的人，也许他能帮助自己解开这些讨厌的谜题，所以桃子很想去找他。很想躺在他的怀里，在他结实的胸膛上用手指画着圈圈。她想，如果以后要一直待在展家，恐怕要见面都很困难了吧？不知道刻薄的展静会不会连自己的人身自由都要限制。想到这儿，桃子觉得心情更加郁闷了。

就在她躺在床上昏昏沉沉快要睡着的时候，突然传来了敲门声。让桃子没有想到的是，站在外面的人竟然是展晴雯。

当然此刻的展晴雯已经换下了那套在派对上穿的黑色紧身衣，脸上那耀眼的烟熏妆也全都清洗掉了。只有和宁浩在一起，她才会变成放纵叛逆的样子。在其他时候，她仍然是那个有着显赫地位的展家小姐。

桃子愣神的工夫，展晴雯已经一把推开她，自顾自地走了进来。

“你从来没有住过这么好的房间吧？”展晴雯一边打量着四周，一边不屑地说，“开门见山地说吧，不管安哲一那个浑蛋和你说过什么，你都要装成什么都没有听到，什么都不知道，更不能对任何人讲关于我的事！听懂没有？”

桃子还没明白到底是怎么一回事，展晴雯便连珠炮似的说了一大堆，不过有三个字让她格外敏感。当然那一大堆话里，她也只在意那三个字。

“你说安哲一跟我讲了什么？”

展晴雯皱眉，面露不悦，指着桃子说：“你装什么天真！你以为我的眼睛是瞎的吗？你中午和安哲一在食堂里的事我全都看得清清楚楚，你不要告诉我，你根本不认识他！鬼才相信你！”

“我当然认识他，可是……这跟你又有什么关系？你怎么会知道安哲一？”桃子一脑袋的问号，她完全被搞糊涂了。

“你的意思是，他什么都没对你说？”展晴雯实在不敢相信自己的耳朵，如果眼前这个家伙不是故意装成这副样子，那就是安哲一真的没有将派对上的事情透露出去。

桃子摇了摇头："没有啊。"

"真的？"

"当然是真的。你还没有告诉我，你是怎么认识安哲一的？"这下着急的人换成了桃子。这不是太奇怪了吗？自己来展家之后，今天是第一次和安哲一联系上，他只是说四处打听到自己被展家带走了，可是现在又怎么会和展晴雯扯上关系？

展晴雯转过身，一边搜肠刮肚地想着要怎么说才好，一边暗自埋怨自己实在有些沉不住气。

见她不讲话，桃子紧张地催促道："你快点儿说啊！你怎么会认识他？"

"喂！你这是什么态度？你以为你在和谁讲话？"展晴雯绷起脸，"这有什么好奇怪的？中午他像个野蛮人一样出现在我们学校，而且还把你带走了。下午外公又急着找我们去医院，我当然要调查到底是谁把你带走的！万一发生什么危险，难道要让我来承担责任吗？"

"你调查安哲一？"桃子眨了眨眼，似乎并不怎么相信她的话。

"你以为呢？如果不是爸妈千叮咛万嘱咐，让我在学校里照顾你，谁稀罕管你的死活！哼！"展晴雯边说边气鼓鼓地朝门外走。

"等等！"桃子见她根本不听自己讲话，情急之下上前拉住她的胳膊，"可是你根本没有把安哲一把我带走的事情说出来啊，你是在保护我？"

展晴雯连自己都觉得恶心了，一把甩开她的手："拜托！你开什么玩笑？你不会觉得，我把你当姐妹，或者是当朋友吧？少自作多情了！我只是不愿意牵连自己！"

见桃子仍然一副似懂非懂的样子，而且摆出一副不把事情搞清楚誓不罢休的架势，展晴雯被弄得异常烦躁，不过在家里她并不敢大声张扬。尽管爸爸和妈妈还在公司里，但被哥哥听到想必也会招惹麻烦。今天她特地让宁浩早一点儿送她回来，就是为了赶在爸妈回来之前找桃子摊牌。谁知道这完全是自己没事找事。

“好吧。我告诉你。”最后展晴雯还是选择了投降。

她走到门边，观察了一下门外是否有人，然后小心翼翼地将房门关好。桃子见她一副神秘的样子，不禁紧张起来。

展晴雯坐在床边，随手抓起枕头边的毛绒公仔：“你认识宁浩吗？”

桃子点点头：“只见过几次。他和安哲一是朋友。”

“这就对了。我也认识宁浩。”

“你，”桃子惊讶地张大了嘴巴，“你和宁浩居然也是朋友！”

她的反应让展晴雯觉得不自在起来，白皙的脸染上一抹红晕，她责怪道：“别这么大惊小怪好不好？你哪只耳朵听到我说，我跟他是朋友了？只是认识！一起玩过几次而已！”

“这样啊……”桃子整理着思路，抬头看看坐在床上的人，怎么看都是一副千金大小姐的高贵样子，实在难以想象她会和宁浩那种放荡不羁的人玩到一起。

“你不相信？”

“不不不……我相信。这样说的话，你是因为和宁浩在一起玩的时候遇到过安哲一，所以才会认识他，对吗？”

“呃……也可以这么说吧。”展晴雯轻描淡写地回答，毕竟这些都不是重点，“而且安哲一也是昨天在派对上见到我和宁浩在一起，就顺便追问我你的下落。是我告诉他你在花帝学院念书的。”

“原来是你啊！”桃子差点儿跳起来，满脸兴奋，“那真是谢谢你啦！如果不是你告诉他，还不知道他什么时候才能找到我呢！”

展晴雯回想起安哲一凶神恶煞一般将自己按在地上追问桃子下落的那一幕，又恨又气，但面对桃子的感谢，只能尴尬地转过头。

桃子没看出展晴雯脸上的不自然，一拍手恍然大悟似的说：“我明白啦！所以你今天在食堂里见到安哲一的时候，一下子就认出了他。”

“那还用说！你以为我真的会去调查什么吗？而且你们刚走没多久，妈就打电话过来让司机接我去医院看外公。我之所以没有把你被他带走的事情说出去，主要是因为我不想让别人知道我认识那种人！”展晴雯把公仔扔在床上，站起身走到桃子面前，一脸严肃地说，“特别是我爸妈，你也看到了，展家可不是个随便的地方。你觉得他们知道了会怎么样？还会让你跟安哲一联系吗？当然我也不会好到哪儿去，所以我们两个是坐在同一条船上的人，明白了吗？”

桃子努力分析着展晴雯的话，很快明白了她说的是什么意思。转念一想，她觉得展晴雯说得十分有道理，暂且不管展晴雯和宁浩是什么关系，单是自己和安哲一就很难继续下去。一想到展静那“慈禧太后”似的嘴脸，桃子就浑身打寒战。

“你放心吧，我绝对不会乱讲话的。”桃子保证道，“这也是为了我自己好。不过……你也要答应我，不可以把我和安哲一的事情说出去。如果有必要的话，你也要掩护我哦！”

展晴雯撇撇嘴：“你可真会讨价还价！现在和我做起交易来了是不是？”

桃子耸耸肩：“有什么办法？这是你自己讲的，我们现在是坐在同一条船上的人，难道不应该这样吗？我也会随时掩护你的。”说完她笑嘻嘻地看着她，突然觉得面前这个任性刁蛮的大小姐似乎变得可爱一点儿了。

“看情况再说啦！”展晴雯甩下这句模棱两可的话，头也不回地走出了桃子的房间。

夜，终于降临。

繁星点缀的夜幕下，这座城市将会以怎样的姿态迎接新的一天的到来呢？

坐落在花町西路上的公寓。

展千羽一大早就急着赶来找蓝琦。他没有她的电话号码，他唯一知道的可以找到她的地方，就是这里。昨天晚上他几乎失眠了，直到凌晨才浑浑噩噩地睡着。没睡多久便被可怕的梦境惊醒，他起身之后发现睡衣的背后湿了一大片，额前的头发也湿漉漉的。他已经有很长一段时间没有做过噩梦了。在那段可以平静入睡的日子里，展千羽一度认为自己已经彻底摆脱了之前的记忆，他觉得应该能够重新开始了，然而事情终究不像他想的那样简单。

到达公寓楼下的时候只有7点左右，小区内满是赶去上班或者上课的人。

展千羽没有习惯性地穿着白衬衣和休闲长裤，而是换上了轻便的运动装，当然也是全身白色。不知道的人从他的身边走过，总会认为这个少年刚刚晨练完在休息。

他是安静儒雅的天使一般的少年，可他的内心并不那么敞亮充满阳光，只因为曾经在他生命中出现过的那个温柔的女孩。那个有着一头乌黑的美丽的长发，有着一双清亮的双眼的女孩；那个如诗如画一般的女孩；那个曾经在他的怀里，孩子一般嘤嘤哭泣乞求他留在她身边的女孩；那个……他很想抱紧，却终究辜负了她的女孩。

对于当时年少轻狂的展千羽来讲，那一年，如同在地狱里走了一遭。

四年后的今天，他徘徊在这个居民小区内的公寓楼下，安静地坐在花坛边的长椅上。就像他第一次来时那样，只是静静地坐着。他很想马上见到她，可是……这个时候她应该还在熟睡吧？

展千羽回想起昨天见到的蓝琦的样子，她变了，彻底改变了。除了熟悉的五官轮廓之外，每一个地方都散发出成熟的气息。她似乎从一个纯粹天真的女孩蜕变成了一个妖娆的女子。

他深邃的眸子里慢慢流露出一抹悲伤，他祈祷着，希望她的蜕变不是那场灾难造成的。不然……自己该怎么做才能弥补一切呢？

一个看起来只有两三岁的男孩子，被妈妈牵着小手从展千羽身前走过。那是一个漂亮得像天使的孩子，有一双格外明亮的眼睛，比洋娃娃的眼睛还要大，滴溜溜地转着，可爱极了。

“妈妈！”孩子停下脚步，怎么都不肯向前走，他撅起小嘴盯着展千羽看，“为什么要摆一座这么好看的雕塑在花坛边？”

年轻妈妈赶紧纠正道：“小傻瓜，这是活生生的人。快点儿向大哥哥道歉。”

一直沉浸在自己世界里的展千羽闻声拉回思绪。

他忧郁的目光渐渐恢复平静，只是那过于苍白的脸色仍然使他看上去像个异国的王子。

孩子惊讶地眨了眨眼：“呀！真的是大哥哥哦！”

展千羽冲孩子露出温柔的笑容。年轻妈妈似乎也被这优雅的男孩打动，投来羞涩的目光。

经过这小小的插曲，展千羽看了看时间终于下定了决心。他站起身走向公寓的正门。

1701室。

她……会在吗？

CHAPTER 07
第七章
TEARS OF DARK INFECTION

I have been looking for someone to shed some light
Not just somebody just to get me through the night
I could use some direction
And I am open to your suggestions
All I want to do is find a way back into love
I can not make it through without a way back into love
And if I open my heart again
I guess I am hoping you will be there for me in the end
There are moments when I do not know if it is real
Or if anybody feels the way I feel
I need inspiration
Not just another negotiation
All I want to do is find a way back into love

SERIES OF DARK INFECTION

凌晨5点10分，蓝琦喝醉酒之后刚刚熟睡。她最近总是喝了酒才能进入梦乡，然而梦里总有可怕的画面出现，却怎么也无法看清楚那张让她泪流满面的脸庞。每次醒来的时候，枕头上已经湿了一大片。她从床上爬起来之后的第一件事便是冲进卫生间好好儿地洗一个澡，洗去那些让她无法摆脱的回忆。

电话铃响了足足五分钟，反复多次之后，蓝琦终于有了意识。她打开床头的灯，发现窗外一片漆黑。

“喂……”朦胧中蓝琦感觉头很痛，喉咙很痛，以至于她的声音都是沙哑的。

电话的另一头传来宁浩艰涩的声音，他说：“来医院。”

蓝琦的酒醒了一大半。她一边从床上爬起来，一边追问：“是不是舅舅出事了？”

“在抢救。不过医生说很危险。”

从夜里11点左右接到医院的电话，宁浩只用了十五分钟就飞车赶到了抢救室门口。看着经过三个半小时的紧急处理，在生死线徘徊的父亲，他原本脆弱的心渐渐变得坚强。这一天总会到来吧？自从和展家扯上关系，自从展家盯上了父亲的企业，自从他们不择手段地展开攻势，整个宁家就彻底颠覆了。这一切灾难在半年前就开始了。和大名鼎鼎的展氏财团过招，凭着父亲的机智和一颗不可动摇的心能够支撑到现在，已经算是个奇迹了，可是还能支持多久呢？

爷爷奶奶被送回了老家，妈妈已经在不久前的那场意外中撒手人寰。企业里所剩的人之所以还在苦苦坚持，仅仅是因为被父亲这半年来的坚定所感动。他们认为即使他躺在病床上，早晚有一天也会重新站起来，重新回到办公室里，像每一天清晨的第一缕阳光那样灿烂地迎接着来自展氏财团的挑战。

然而现在……

蓝琦彻底清醒了。

她捧着电话大叫：“怎么搞的？医生昨天不是还说情况已经稳定下来了吗？为什么突然就出状况了？”

“不知道。不过……”

“等我！我马上赶过来！”

电话“咔嚓”一声挂断了。蓝琦顾不上去冲个澡让自己半麻醉的身体精神起来。她胡乱在地上抓起一件衣服套上，钱包和钥匙都落在客厅的茶几上。她心急如焚，冲出门，走进电梯，跑出公寓大门。蓝琦那瘦弱的身影很快被淹没在茫茫的夜色之中。

宁浩将手机塞回口袋里，无力地瘫坐在走廊的地板上。手从口袋抽出来的时候，不经意碰到那盒从来没有打开过的香烟。他将烟拿出来，有些笨拙地撕掉包装，拿了一支烟叼在嘴里的时候，才发现没有打火机。于是他就那么把烟叼在嘴里，通过橙黄色的过滤嘴，依然能感觉到淡淡的烟草味。

对面就是重症监护室。这里原本就摆放了很多专门用于抢救的仪器，这会儿加上进进出出的医生和护士，整个监护室内显得格外紧张和拥挤。

一个从里面走出来的护士急匆匆地从宁浩面前走过，像是要走到其他房间去取急需的血浆。她的步子很快，宁浩甚至连她长什么样都没来得及看清楚，她就一阵风似的走了过去，可没走几步又折了回来。还没等宁浩明白是怎么回事，嘴里的烟就被一只手抽走了。

护士小姐严肃地警告道："这里是医院，请不要吸烟。"

宁浩看着她把烟拿走，像是完全没有感觉一样。他想跟她说，自己根本不会吸烟，更想告诉她，自己也没有可以把烟点燃的东西。当那急匆匆的背影消失在拐角处，宁浩忽然什么都不想说了。他坐在地上，感觉不到深夜的凉意，脑海中拼命回忆着医生说过的话。那个医生是第一个发现父亲病情出现异常的人，如果不是他深夜来查房，也许情况比现在还糟糕。他对宁浩说："好像哪里不太对劲。今天有家属来探望过病人吗？"

除了自己和表姐之外，连公司里的人都不知道父亲具体住在哪家医院，根本不可能有其他家属来探望。宁浩立刻警惕起来，紧张地问道："我今天没有来过。可以调出医院里的监控录像带看一下，如果有什么可疑的人出现，会立刻被发现的。”

医生有些为难：“暂时还不清楚病人病情恶化的原因，所以不能贸然做什么。更何况医院里有规定，除非是公安机关以及特殊原因，不然不可以随便调用监控录像带。”

宁浩颓然坐在地上，一遍又一遍地想着医生的话。就在他的头开始剧烈疼痛的时候，蓝琦风风火火的身影出现在走廊里。因为喝醉酒刚醒，她显得憔悴不堪。卷曲的头发凌乱地披散着，尽管面容姣好，可没有化任何妆的脸显得苍白。

“舅舅情况怎么样？”一到近前蓝琦便开门见山直奔主题。

宁浩抬手指了指对面。一大群医生护士仍然在忙碌着，各种仪器不时发出让人烦躁的声音。而躺在病床上的人几乎没有知觉，那纸一样白的脸色更是让人心生不祥。

蓝琦的脸快要贴在玻璃窗上了，两只手紧紧地趴在上面，表情凝重。当初她一回来就听说舅舅一家出了事，原本那么幸福的一家人现在居然变成这样，一切都是拜展家所赐。她的心情变得格外复杂，她知道，应该恨，痛痛快快地去恨，去报复，去拿回本来属于自己的东西。然而……当她面对那张完美精致的脸庞，她竟然轻易地便推翻了之前的坚定。于是她痛恨自己！

“怎么会变成这样？”蓝琦像是在询问，更多的却像是在自言自语。

宁浩表情木然地盯着地面，眼神空洞。

没有得到回应，蓝琦转过头，发现兀自瘫软在地的宁浩有些不对劲，她几步走过去蹲下身子抓住他的肩膀摇了几下：“喂！浩浩！给我振作起来！难道连你都要认输吗？你看看你，现在是什么样子？给我清醒一些！”

宁浩依旧没有任何反应，像是失去了知觉一样，任由蓝琦摇晃。他的表情呆呆的，那抹一直挂在脸上的邪邪的笑容也消失不见了。他盯着地面，像是被什么东西完全吸引了注意力，一刻都无法将目光移开。

此刻已经是凌晨4点半了。窗外漆黑一片，只有昏黄的路灯照耀着寂寞的道路。整座城市都在熟睡，只有这间重症监护室里响着各种仪器运转的声音，像一曲悲伤的交响乐，把每个人的心都揪了起来。

蓝琦想把宁浩从地上拉起来，可不管她怎么用力，宁浩只是身子左右摇晃，就是无法从地上站起来。他根本不知道自己用力，也不回答蓝琦的话，呆呆的，好像被抽干了灵魂的躯壳，只剩下心跳的声音，仿佛在下一秒它就会莫名其妙地停止跳动，他也会随之消失不见。

“浩浩！”急得满头大汗的蓝琦大叫了一声，紧接着“啪”地一下，纤细修长的手指在宁浩古铜色的皮肤上留下清晰的痕迹。

宁浩眼中终于有了一丝神采。蓝琦在那明亮的眸子中看到了自己焦急的面孔。她松了一口气，靠着他坐下来。

“你故意吓我是不是？”

“对不起。”宁浩用手摸了一下被打的地方，“表姐，你下手未免太狠了一些。”

蓝琦的嘴角扬起一抹苦涩的笑：“臭小子！要不是心疼我的手，我还会打得更狠一些！”

“那我还要谢谢你，是不是？”宁浩不正经地咧咧嘴角。

就在这时，对面的病房里突然响起猛烈的电击声。宁浩看到一个医生手举着心跳起搏器站在床边，他的表情无比沉重，目光里带着接受审判般的严肃。他低声对旁边的护士说：“准备！再来！”

CHAPTER 07 第七章

各种仪器一台一台被打开。随着电击强度的加大，病床上的人几乎要弹起来。围在旁边的护士们紧张得大气都不敢出，他们全神贯注地将视线集中在一点上。

"准备！再来！"

"加大！准备！再来！"

这是整个晚上唯一留在宁浩脑海中的声音。

桃子想，也许真的该安分守己地在学校里待上几天，特别是经过安哲一昨天的折腾，她在花帝学院中真可谓名声大噪，同学们对她的猜测更是众说纷纭。这让桃子有些哭笑不得。展晴雯对这一点倒是表现出了置之不理的态度。越是这样，人们越是不会把桃子和展家扯上关系。几乎在所有人眼中，从大名鼎鼎的展家走出来的女孩子，就应该像展晴雯一样。桃子和展晴雯差得太多，同学们甚至都不会将她们两个人放在一起比较。

其实就算今天桃子想再偷偷逃课到外面去找安哲一，那也是根本不可能的事情。虽然莫涛和展静从公司里回来之后真的没有再提逃课的事，却派了人专门守在花帝学院外面。几乎每一条可以通向外面的路都有人把守，所以桃子是完全不可能在放学之前走出学校的。即使放了学，她也不可以去其他地方，司机会直接将她带回家。这是她唯一和展晴雯不同的地方。

她的人身自由果然被限制了。

这样的日子一直持续到周末，桃子终于无法忍受了。起初她觉得这只是暂时的，但随着时间的推移，她越发觉得如果不想点儿办法，自己恐怕要永远被这么监视着生活了。尽管这样想，不过她实在没有勇气直接去找莫涛或者展静反抗。而这几天展千羽也有些怪怪的，每天都是一大早就出去，天很晚了才沉默地回到家。不管是谁跟他讲话，他都像是完全没有听到一样，安静得不发出任何声音。桃子不知道展千羽以前是什么样子，但直觉告诉她，一定出什么事情了。

所以她唯一可以找的人，就只剩下那个与她坐在同一条船上的人了。

展晴雯正在房间里收拾东西，她将换装用的衣服塞进名贵的背包里。自从认识了宁浩，每到周末她都会去找他，一起疯，一起在一大群放纵的少男少女中间享受刺激。如果不是这样，展晴雯觉得自己也许找不到任何方法发泄心中的寂寞。

桃子在门口敲门的时候，展晴雯正把背包的拉锁拉好。其实就算隔着门，她大致已经猜到了是谁。上午9点多，莫涛和展静都在公司里；展千羽从来不来自己的房间；不是吃饭的时间，用人自然也不会来打搅。那么结果已经显而易见了。

“果然猜得没错。”展晴雯站在门口，斜着眼睛看她，“我警告你，不要把主意打到我身上来！”

桃子一脸无奈，居然自己还没开口，心思就全被对方看穿了，还真是失败啊！不过眼下展晴雯是她在这个家里唯一的“希望”了，不能这么轻易就放弃！

于是她笑嘻嘻地说：“怎么会是打你的主意呢？是你自己说过的嘛，我们现在坐在同一条船上……”

“闭嘴！”没等桃子说完，展晴雯就恶狠狠地打断了她的话，然后很紧张地看了看房间外面有没有其他人，“你是笨蛋吗？”紧接着一把将她拽进屋里。

桃子踉跄了一下，差点儿撞到旁边的柜子上，不过的确是她太不小心了，“隔墙有耳”这句话并不是没有道理的。

她揉着被拽痛的胳膊，不好意思地说：“是我不好，没有考虑那么多。你也看到了，我每天都这样被管制，根本没有办法出去。你要帮帮我才好啊！”

展晴雯把背包挎在肩膀上，对着镜子欣赏着自己一身清爽的休闲装束：“我为什么要帮你？你本来就该好好儿收敛一下，谁叫你之前连续逃课被抓到把柄？这可怪不得我！”

“可你之前说过啊，我替你保密，你也会配合我。”桃子有些焦急地质问道，“难道你想反悔吗？”

展晴雯将视线从镜子上拉回来，转过身认真地盯着桃子：“你每天都被这样看管着，总不能叫我每天都替你挡下来吧？要是这样，连我都会被怀疑的。”

“不会的！不会的！我不会每天都出去，更不会每天都麻烦你。不过今天你一定得帮我混出去！我要去找安哲一！”桃子见她的语气缓和了下来，赶紧趁热打铁。

“又是安哲一。”展晴雯从鼻子里轻哼了一下，用怪怪的口吻问道，“你们俩到底是什么关系啊？看样子挺亲密的嘛！该不会……”

“这个你就不要管了。反正也和你没有关系啊。你要找的只是宁浩，不是吗？”桃子不甘示弱地反问道。俗话说，最好的防守就是进攻。看来这真是一点儿都没错，何况桃子并不想让展晴雯知道得太多，毕竟她也只是利用自己。说到底，她也是展家的人。

展晴雯的脸色很难看：“谁说我要去找宁浩！胡说八道！”说完大步朝门外走。

桃子赶紧跟上去：“好啦！好啦！你就把我一起带出去吧！”

被缠得没办法，展晴雯只好妥协。她也不想把桃子惹急了，到时候把事情闹大了就不好了，毕竟她们两个人的确都捏着对方的小辫子。

于是在桃子被限制人身自由的第五天，终于可以“重见天日”了！

公寓正门对面的长椅上，展千羽已经连续五天坐在这儿，每次都是从早上一直坐到晚上，像一座没有知觉的雕塑，丝毫不知道疲惫。然而从他身边走过的居民，却明显能感觉到他的变化。他的脸色一天比一天难看，他看起来憔悴了很多，尽管并不影响那完美精致的脸庞。他变得越发沉默。

第三天的时候已经有人在猜测展千羽的身份，甚至有人怀疑他精神出了问题，还有人上前和他攀谈，然而这个儒雅安静的少年始终不肯开口。他只不过在等待着他要等的那个人出现。可是一连好几天，1701室的门都紧闭着，不管他上去几次，按几次门铃，始终都没有人回答。于是他就静静地坐在楼下，希望那个人可以快一点儿出现。他还有好多事情没有弄明白，他必须要见到她。

上午10点半。小区里仍然保持着平日的样子，偶尔有行人走过，花坛里盛开着娇艳的花朵。展千羽坐在长椅上的身影依旧洁白神圣，犹如来自天堂的使者，只是他那憔悴苍白的面容却很难令人感受到希望与光明。

就在这时，小区的入口处传来刺耳的引擎声，紧接着一辆黑色的摩托车驶了进来。车上坐着两个人，全部是黑色的装束。

宁浩将车停在公寓楼下。他仍然没有从葬礼的悲伤中走出来，满脑子都是那晚医生抢救父亲的画面。那最后的电击声也犹如梦魇一般久久不肯消失。

蓝琦也好几天没有休息了，发生这样的事情唯一能支撑弟弟的人就只剩她了，所以在这种时候她无论如何也不能倒下去。可当摩托车驶入小区，当那熟悉的白色身影进入到她的视线中，她原本就悲痛复杂的心情变得更加沉闷不堪。他怎么会在这儿？为什么偏偏在这个时候出现！

展千羽那静止的世界终于有了一丝变化。他那深邃的眸子里渐渐映出一张等待已久的面容。他站起身，看着她一步一步走向自己，心里有着说不出的感觉。

宁浩将头盔挂在车把上，整个人靠在车上。他古铜色的皮肤配上一身黑色的赛车服，犹如一头从来不曾被驯服的野兽。他盯着展千羽挺拔的身影，就像正在捕捉难得一见的猎物的猎人般专注。他姓展，他是展家的人。

宁浩的手握成拳头，指甲掐进掌心，手背上的青筋依稀可见。

阳光明媚的天气，到了10点多显得有些热。空气里弥漫着干燥的气息，法国梧桐的枝叶偶尔会被风吹动，落下的叶子带着秋天的味道。

蓝琦的卷发因为几天没怎么打理显得有些凌乱，白皙的脸也带着一丝倦意。她走到他跟前，平静地说："嗨。"脸上没有任何表情。

展千羽忍不住皱了皱眉，目光落在她身后不远处的宁浩身上。宁浩那挑衅的目光令他讨厌，可他还是不动声色地询问："你去哪里了？我等了你好几天。"

蓝琦的嘴角微微动了一下，这次却没有绽放好看的笑容。

"等我做什么？"

"我在问你，这几天去哪儿了？"展千羽明白这并不是自己应该过问的，然而他实在讨厌宁浩的目光，更加讨厌他们一起出现在他的面前。于是他本应该平静中带着期待的语气，反而夹杂着怒气与质问。

"呃。"蓝琦微微歪着头，尽管憔悴，但那双妖娆的眼睛里仍然满是风情万种，她转身指了一下宁浩，"我和他在一起啊。有什么问题吗？"

她想故意激怒他。她很轻易地就办到了。

展千羽的目光变得凌厉，像蔚蓝的大海突然涌起惊涛骇浪，他一把拉起蓝琦的手，几乎把她的手腕握疼了：“走！跟我走！我有话跟你说！”

蓝琦挣扎了一下，脚步没有移动：“有什么话，你就在这里讲吧。”

展千羽却格外坚定，完全不容她抗拒：“不！你必须跟我走！”

话音刚落，还没等蓝琦开口，不远处的宁浩已经大步走了过来，他握紧的拳头发出“咯咯”的可怕声响。一声清脆的击打声之后，展千羽的脸上留下一道明显的痕迹。

“浩浩！”蓝琦紧张得叫了出来，可她的声音还是比宁浩的拳头慢了一拍。

展千羽始料未及，踉跄了一下，抓住蓝琦的手也下意识地松开了。那一拳是宁浩用尽全力打过去的，以至于展千羽差点儿摔倒在地上，即使勉强稳住了重心，他完美得没有一丝瑕疵的脸上却留下了难看的淤青，嘴角更是流出了鲜血。

宁浩还想冲上去，却被反应过来的蓝琦死命地抓住：“够了！”

展千羽用手擦了一下嘴角，眼睛里满是愤怒。那个儒雅安静的少年仿佛在一瞬间消失得无影无踪，留下来的是一头可怕的即将发怒的白色雄师。

“浑蛋！”宁浩已经被愤怒冲昏了头。如果不是展家，如果不是该死的展氏财团，他们一家人怎么会变成这样？而这个不知道死活的家伙居然还敢在这种时候出现在自己的面前，他一定是活得不耐烦了，想替展家赎罪，早一点儿得到宽恕。宁浩明亮的眼睛已经被怒气填满了，像是要喷射出燃烧的火焰，仿佛一瞬间就可以将对面的人焚烧殆尽。

“你是谁？”展千羽并不想贸然出手，尽管此刻的他已经彻底被激怒了。这是他四年来第一次被某个人、某件事激怒，第一次发觉自己平静的外表之下，隐藏着一颗同样有血有肉的心。

宁浩扬起一抹带着邪气的笑容：“你当然不知道我是谁了！而且你更没有必要知道！你只记得你自己该死就可以了！”

展千羽被那灼热的目光看得一愣，记忆中自己不曾见过眼前的人，而他那莫名其妙的愤怒是从何处而来呢？

已经有路过的居民注意到了这里不寻常的气氛，纷纷投来好奇与猜疑的目光。带着孩子的女人还赶紧加快了脚步，生怕卷入突如其来的冲突之中。当然也有想弄清楚事情原委的人主动留了下来，他们站在所谓的“安全区域”，并不想惹祸上身。周围隐约响起此起彼伏的议论声。

蓝琦用尽全身力气把宁浩往公寓的大门处拖：“浩浩，我们回去吧。不要闹了。”

可惜宁浩什么都听不进去，他一把甩开蓝琦，像失去了理智一般猛地朝展千羽扑过去。

“浩浩！”蓝琦摔在地上，手掌被擦破了，可她顾不上疼痛踉跄着爬起来。

几步之外，展千羽和宁浩扭打在一起。那洁白如天使一般的身影与桀骜不驯的黑色身影形成鲜明的对比，仿佛两团水火不容的力量正拼命厮杀着，那势均力敌的架势让周围的人忍不住发出叹息，除非两败俱伤，不然他们谁都不会停下来。

旁边围观的人都忍不住向后退了几步，惊呼声不断。

“这到底是怎么回事？这是住在我们小区的吗？”

“我看还是报警比较好吧，再这样打下去恐怕危险了。”

“对啊！先把门口的保安人员叫来吧！”

几个热心的中年男人一边说一边朝小区门口走。

蓝琦赶紧上前拦住他们：“不不不！只是朋友之间闹了些意见，很快就没事了。请你们放心。”

被劝的人似乎还是不太放心，用疑惑的目光看着扭打在一起的两个人。

这时展千羽已经占了上风。风度翩翩的他动起手来竟然毫不逊色，而承受着巨大痛苦的宁浩更是丝毫不肯让步。两个人的动作幅度越来越大，都使出了全力。展千羽在地上翻滚的时候，白色衣服沾上了很多灰尘早已污渍斑斑。

“好了！你们打够了没有？”蓝琦冲上去，顾不上周围还有一大群围观的人，加入两个人的“战斗圈”，拼命想把他们分开。

可是单凭她一个人的力量怎么可能阻止这场“战斗”呢？不管蓝琦怎么叫，怎么拉扯两个人，他们都不肯退让一步。

蓝琦被宁浩一甩，差点儿摔倒。她站稳身子，刚想再次冲上去，突然一阵眩晕。是阳光照得睁不开眼睛吗？她摇了摇头，拼命想让视线变得清晰一些，可是……

“砰”的一声，蓝琦倒在了地上……

多亏展晴雯帮忙，桃子才能顺利从展家出来。要不是她给展静打电话，说要带桃子一起去参加一个同学的生日聚会，事情恐怕没有这么顺利。

和展晴雯分开之后，桃子直接打车去了安哲一的住处。想着马上就能见到他，桃子的心情一下子好了很多。安哲一根本不知道自己被限制了人身自由，而且他们已经好几天都没有见面了，不知道他这几天过得怎么样？桃子还真是有些担心呢！怎么也不见安哲一来学校找她呢？该不会是出了什么事吧？

CHAPTER 07 第七章

车子才停稳，桃子就着急地跑了下去。穿过熟悉的小巷子，快到达目的地的时候，她却有些失望地发现，往常安哲一停放摩托车的地方居然是空的。今天是周末啊！他应该会在吧？桃子一边安慰自己，一边朝门口走。

紧闭的房门终于验证了她的想法，安哲一不在。可是……他能去哪儿呢？说不定是出去买东西，一会儿就回来了吧？桃子找了一处干净的地方，索性坐下来等着。巷子原本就不宽，进出的时候都会感觉有些拥挤。也许是周末的缘故，总是有人在巷子里来来去去，他们路过桃子身边时都投上好奇的目光，似乎是觉得这样一个看起来乖巧可爱的女孩席地而坐有辱斯文。

不知道过了多久，桃子坐得屁股都痛了，可还是不见安哲一的影子。她站起来，捶了捶发酸的腿，突然觉得不知道要怎么办才好。她发现自己和安哲一之间能够联系的方式实在太少了。以前不是他来孤儿院找她，就是她直接到这里来。如果有一个人“失踪”了，他们便失去了联系，甚至连对方可能会去的地方都不知道。这真是一个可怕的发现。她该去哪儿找他呢？孤儿院！他会去那儿吗？除了那里，桃子实在想不到安哲一还会去哪儿。

有地方找，总比傻乎乎地在这儿等要好得多。桃子决定还是去看看，而且孤儿院离这里并不远，走路半个小时就到了。她已经好几天没有一个人自由自在地走一走了，每天都被人远远地跟在后面，就连每天上下学都由司机接送，看似舒适的生活，实际上少了很多本该有的快乐。生活的突然改变，让桃子很不习惯。

让桃子奇怪的是，她走进孤儿院的时候并没有听到熟悉的歌声。龙龙耳朵的灵敏度曾经让桃子佩服得五体投地。每次她和安哲一很小声地在门口讲话，都会担心被他听到。然而今天桃子一进门就大声喊着：“我回来看大家了！”竟然没有看到龙龙扭着小屁股第一个跑出来。

孤儿院还是老样子，每个地方看起来都是那么熟悉，让桃子觉得格外舒服。这几天也没有新的孩子被送来，倒是听说又有人被领养了。院长走出来的时候，桃子正在和一个小妹妹亲热地聊天。

院长一见桃子，脸上露出为难的神情，语气里有一丝无奈："孩子，你怎么又偷偷跑出来了？被家里人知道，他们又该急得到处找你了。"

"放心吧，院长。"桃子像见到亲人一样，高兴地跑过去，一把挽住院长的胳膊，亲昵地将头靠上去，"不会有事的，我保证。你就不要再担心我了。"

"你这个孩子！"院长露出慈祥的笑容，伸手摸了摸她的小脸，"怎么觉得瘦了呢？换了环境不习惯吗？"

桃子委屈地点了点头："当然不习惯啦！那里哪比得上孤儿院好啊！"

"瞎说！净会哄我开心。"院长指了指屋里，示意桃子进去说话，"那可是展家，怎么可能亏待你呢？更不是这小小的孤儿院能比的。你啊，还是尽快适应家里的生活吧。"

家里？说起来容易。桃子扶着院长走进屋，心里却坚决反对把展家那栋奢侈豪华的别墅看成自己的家。在她的心里，只有生活了这么多年的孤儿院能够配得上这两个字，可在院长面前她什么都没有说。她不想让院长担心。

桃子靠着院长坐下，一位照顾过她的老师热情地端来了饮料。被领养的孩子很少再回孤儿院来，只有桃子三天两头地往这儿跑。这多少让大家的心里都产生了异样的感觉。

院长端详了桃子半天，还是想劝她以后不要这么任性了。

没等她开口，桃子就抢先问道："怎么今天这么安静？龙龙那小家伙呢？"

"唉。"院长深深地叹了一口气，面色凝重起来。

桃子觉察出了什么，试探着问："出什么事了吗？该不会是有人把他领养走了吧？"

"如果是那样就好了。"

"怎么？那还能有什么事情呢？"

院长的脸色变得更加难看，她有些难过地说："前几天龙龙就一直不太舒服，大家都以为是着凉了，只是买了药给他吃，但是一直到今天都不见好转，而且脸色越来越难看，所以一早我就派人把那孩子送去医院了。我真是担心！应该早点儿送去医院的，要真是被我耽搁了可怎么办？龙龙还那么小。"

桃子想起前几天和安哲一来孤儿院见到龙龙的时候，他的脸色的确有些苍白，但感觉也不像生了什么大病，没想到会这么严重。也许是平时习惯了他的恶作剧，突然见不到他，竟觉得周围一下子安静得可怕，也莫名其妙地越发想念起小家伙了。

不过为了不让院长担心，桃子还是笑着劝慰道："不会有什么大问题的！院长，你就放心吧。小孩子本来就很容易生病，龙龙那小鬼平时那么健康，很少生病，估计很快就会好起来的。"

"希望是这样吧。"院长还是一副唉声叹气的样子。

"对了！"桃子差点儿忘记了这次来孤儿院的目的，赶紧开口问道，"安哲一今天有没有来？"

"今天没有看到他。不过……"院长回忆了一下，"前天好像来过。他说已经找到打工的地方了，以后不用孤儿院为他担负生活费了。这个孩子也是，一直都那么懂事。"

"打工？"

院长疑惑地问："他没告诉你吗？"

桃子摇了摇头，如实回答："我们已经有好几天没见过面了，所以这件事情他可能还没来得及跟我讲，不过院长，他有没有说在哪里打工呢？"

"呃，好像有啊！今天刚好是周末，他应该已经去上班了。平时要到学校上课，只能周末去工作。"院长一边说一边起身走到门外，叫来一位在门口照顾孩子的老师，问了安哲一打工的地方。毕竟上了年纪，很多事情她都不能像以前那样记得那么清楚了。

桃子又在孤儿院和大家聊了一会儿，临走的时候还不忘到房间里又仔细地找了一番，仍然不见那封信。看来它真的凭空消失了。

CHAPTER 08
第八章
TEARS OF DARK INFECTION

I have been looking for someone to shed some light
Not just somebody just to get me through the night
I could use some direction
And I am open to your suggestions
All I want to do is find a way back into love
I can not make it through without a way back into love
And if I open my heart again
I guess I am hoping you will be there for me in the end
There are moments when I do not know if it is real
Or if anybody feels the way I feel
I need inspiration
Not just another negotiation
All I want to do is find a way back into love

展晴雯见到宁浩的时候吓了一跳。她还是第一次见到宁浩挂彩的样子，脸上到处是红肿和淤青，连头发都沾了灰尘，乱糟糟的失去了原有的光泽。

本来说好要在中心公园附近见面的，谁知道约定的时间过了半个小时，宁浩的身影才出现。迟到了还不要紧，重要的是他的样子明显是刚刚和人打过架，狼狈极了！展晴雯已经好几天没有见到宁浩了，打他的电话一直关机。她还担心周末他都不会出现，幸好这个家伙并没有忘记先前的约定。

宁浩的摩托车在展晴雯面前停下来。

“喂！你……你怎么回事？这是什么打扮？”展晴雯本来还想因为他迟到的事情发火，一看宁浩的样子，怒火已经消了一大半。

宁浩擦了擦嘴角，朝地上吐了一口痰，没想到竟然带着血，看来嘴巴里面也被牙齿顶破了。他皱着眉毛，样子比平时凶很多。

“我在和你讲话！你这家伙耳朵聋了是不是？你迟到了很久！该不是因为和别人打架才迟到的吧？”

“吵够了没有？用眼睛看看就猜到了！”宁浩有些不耐烦地回答，“一看就知道我刚和别人打过架。”

他并不想把怒气全都撒在她的身上。尽管她也姓展，尽管今天和他大打出手的家伙正是她的哥哥，尽管把他们一家人逼上绝路的正是展家，不过……对于她，在不知不觉中，宁浩早就改变了初衷，连他自己都不知道为什么会这样。

展晴雯什么都不知道，也根本无法想象宁浩身上发生的一切，不过她还是发起了大小姐脾气。

“你在跟谁讲话！是你自己迟到，你居然还敢这么凶？”

“我迟到了，你可以不用等我。”

“宁浩！你是浑蛋！”展晴雯举起手朝宁浩的胸口打去，没想到却被他抓了个正着，他稍一用力，她就疼得哇哇乱叫，“放开！浑蛋！快放开！”

宁浩的眼角处也挂了彩，红肿的地方不时传来疼痛感。他想起梦魇一般不停出现在脑海中的电击声，想起葬礼上那悲伤的音乐，想起展千羽高大挺拔却让他无比厌恶的身影……此刻站在他对面的人却有着一张任性但美好的容颜。他是恨她的吧？当初接近她不正是因为她姓展吗？

展晴雯痛苦地皱着眉，精心化过妆的脸也有些扭曲了。她一边挣扎一边冲宁浩喊，被抓住的手却怎么都抽不回来，最后她急得快哭了。

周末来公园散步的人特别多，看到这样的争执都以为是情侣之间的吵闹，谁都没有放在心上，看几眼就若无其事地走开了。

宁浩觉得心烦意乱，展晴雯的叫声终于让他乱糟糟的思绪回到了眼前。他松开手，取下车把上的头盔，却不想再说什么。

展晴雯揉着被抓痛的手腕，心里别提有多委屈了。从小到大根本没有人这么对过她，除了宁浩这个浑蛋！可是……不管他怎么欺负她，怎么对她凶，怎么对她耍无赖，她都没有办法真正生他的气。那种奇怪的感觉连她自己都搞不清楚。他们明明是不同世界里的人，明明在那么复杂的情况下相识，还曾经发生过那样暧昧的事情……现在他们到底算什么呢？

"喂！你要到哪儿去？"

宁浩已经跨上了摩托车，展晴雯顾不上胡思乱想，一把抓住他的衣角："今天我们约好的，你想一个人溜掉是不是？你怎么可以这样！"

"我有事情。"

"那……"展晴雯咬了咬嘴唇，她不想总是在他面前放下原有的高姿态，她那么骄傲，那么高贵，集三千宠爱于一身，偏偏被眼前这个无赖又叛逆的家伙吃定了！

宁浩的心情复杂到了极点。他刚刚经历了失去亲人的悲痛，却丝毫无法宣泄内心的怨恨。原本计划好的一切，却在不知不觉中改变了，他到底要怎么办才好呢？

"我们下次再约时间。我一定会找你的。"

"不要下次！"展晴雯任性地不肯放开手，"你迟到的事情我就当没发生过。我不会再生气了。你把我抓痛的事我也不会放在心上，不过当成交换条件，你必须带我一起走。"

宁浩眯起眼睛看着近在咫尺的展晴雯。他明白她是什么样的女孩，也明白自己让她改变了多少。这个刁蛮的公主已经慢慢放下高傲的身段，可是越是这样他的内心就越是有一种说不出的恐惧。究竟沦陷的是她，还是……自己？

“你不问我去哪儿吗？”

展晴雯摇摇头：“去哪儿都没关系，反正你得带上我！必须带上我！你以为自己是什么人？可以说丢下我就丢下吗？你忘了我是谁了？”

“怎么可能忘了你是谁……”宁浩看似凌厉的眼里弥漫着一层拨不开的迷蒙，像被雾气笼罩的海面，丝毫感觉不到那深藏在海底的暗礁，他意味深长地说完，将备用头盔递给她，“想跟着的话就上来吧。”

“就知道你不敢丢下我！浑蛋！”展晴雯终于露出一丝笑容，高兴地接过头盔。

临近中午，阳光显得明媚。公园门口的棉花糖摊位前挤满了小朋友。宁浩的摩托车从他们面前经过的时候，一个小女孩正举着粉红色的棉花糖开心地笑着。她对旁边的同伴说：“那个哥哥长得好凶啊。”

展晴雯转过头，隔着头盔冲小女孩做了一个鬼脸，然后她搂在宁浩腰间的手臂又收紧了……

桃子站在“星期六”酒吧门口，盯着那块时尚又暧昧的招牌发呆。因为是白天，这里显得没那么热闹。灯箱和周围的彩灯装饰物都没有点亮。不过还是有音乐从里面隐约传出来。透过大大的磨砂玻璃门可以看见接待大厅里的服务员，还有一条装潢别致的走廊通向里面，周围摆放了很多色彩夸张的雕塑。走廊的地面铺着金灿灿的玻璃板，配上幽暗的灯光，顿时让通过这里的人产生说不出的暧昧感觉。

怎么一定要在这种地方打工呢？桃子并没有因为安哲一没有将这事告诉自己而生气，可当她来到酒吧门口，在这儿站了两分钟之后，心底立刻涌起一种说不出的感觉。特别是看到里面不时有穿着超短裙的女服务员经过前台，心底更加涌起了莫名的醋意。

不管安哲一在这里负责什么样的工作，桃子觉得都不会是件好事。眼下她得找到他，可她实在没有勇气走进去。

摩托车引擎声由远而近。宁浩习惯把车停在离门口不远的地方。尽管这附近不允许停靠车辆，勉强停下来说不定还会有被罚款的危险，可他就是固执地每次都按照自己的想法做事。他觉得有一些事是不可以妥协的，就像有一些习惯若干年都不会改变一样。

桃子站在“星期六”酒吧门前犹豫不决的时候，展晴雯挽着宁浩的手臂出现在她的视野里。桃子像见到了救星一般兴奋，赶紧走了过去。

见到那个身影，展晴雯立刻预感到不会有什么好事情。

“你怎么也会来这儿？我正发愁要怎么进去呢！真是太好啦！”桃子双手一拍，笑眯眯地望着宁浩和展晴雯。她才不想管这两个人究竟是什么关系，也不太关心展晴雯的事情，对于她来说，没有什么比现在立刻进去找到安哲一更重要。

宁浩扫了一眼桃子，立刻认出了她。可是还没等他说话，展晴雯就连珠炮似的轰炸开了：“你还真是阴魂不散！没什么好说的，我们各走各的路，各过各的桥！如果你非要和我扯上什么关系，那么下次就不要指望我再帮你从家里混出来！”说完便拉起宁浩朝门口走。

“我……我还什么都没说呢！”桃子急了，想上前拉住她。如果就这么让她走了，自己怎么办?

展晴雯对她做了一个“停止”的手势：“就是让你什么都不要说！”

“我只是想进去。”

“那就和我们一起进去吧。”宁浩停下脚步，转过头看着一脸焦急的桃子，“你是要找安哲一吧？他就在里面。”

“真的吗？真的吗？”桃子高兴起来，几步追上他们，“我没来过这种地方，自己真的不敢进去。你能带我进去那实在太好了！谢谢！谢谢！”

展晴雯气鼓鼓地抗议：“你怎么搞的？为什么要带她一起进去？”

宁浩阴郁的脸上没有多余的表情，反问道：“为什么不能带她进去呢？”

“你就是要跟我作对！”展晴雯绷着脸，嘴撅得老高，“她是我家的人，所以由我说了算！”

“那好。”宁浩的心情原本就不好，他实在不想在这种时候再吵闹下去，于是挣扎了一下，抽出被展晴雯挽住的手臂，语气平静地说，“你可以自己先进去。我要带她去找我的朋友。这样我们就谁都不会影响到谁了。”

“宁浩！”展晴雯直跺脚。

站在一旁的桃子却充满感激，而且她也对宁浩有了新的认识。最初见到他的时候觉得他尽管长得不错，但是脸上总挂着邪邪的笑，给人一种不正经的感觉，可他毕竟把房子借给了安哲一，她觉得他还算是个好人。之后虽然见过几次，都和走马灯似的并没有太多接触。今天桃子还是第一次见宁浩这么认真地讲话，而且还是对刁蛮任性的展家小姐！这还真是让桃子刮目相看！如果是一般的男孩子，知道展晴雯的身份，一定会对这位大小姐毕恭毕敬吧？说不定还会拍她的马屁，千方百计地讨好她呢！现在看起来，宁浩还真是个男子汉！

宁浩将视线转回桃子身上，轻描淡写地说了一句："走吧。"

"呃……谢谢你！"桃子赶紧跟上他。

展晴雯已经气得快要发狂了，倒不是因为宁浩的态度，反正他也不是第一次和她作对了。只是这次是因为桃子的事，这让她觉得实在没面子。

可是看着他们两个人即将走进"星期六"的背影，展晴雯的内心又起了激烈的斗争。难道真的和宁浩分开行动吗？那今天她出来还有什么意义？还不如乖乖待在家里呢。要是现在跟上去，那就证明自己再次妥协了，为什么每次让步的都是她！这让展晴雯格外生气！可是转念一想，如果宁浩像其他男孩子一样对她千依百顺，也许她就不会喜欢跟他在一起了吧。

见有客人来，里面的服务生热情地来开门。宁浩走在前面，桃子小心翼翼地跟在他身后，距他一步之遥。服务生礼貌地招呼着："欢迎光临！"

展晴雯还站在原地，心里一个劲地念叨着："到底要怎么办？跟上去？还是转身走掉？"

就在这时，已经进门的宁浩转过身来，挂了彩的脸越发显得邪气。他眯起眼睛，像是已经猜到了她的心思，故意说："怎样？如果你突然改变主意了，我随时欢迎。"

这个浑蛋！他就是喜欢这样！

展晴雯抬起头，大步走上前："这是你求我的！既然你一定要向我发出邀请，那我就勉强接受好了。"

他把她逼到绝境，又总是在最后留一条出路。这就是他们两个人奇怪的相处方式。

桃子看着展晴雯几步走到自己身边，稍稍侧了一下身让出路来给她走。展晴雯却毫不客气地从她身边撞了过去。只有在宁浩面前她才会稍稍收敛，对其他人，展晴雯永远是那个高傲的千金小姐！

东海经贸大厦一楼前台。负责接待的前台小姐并不知道这位外表看起来儒雅安静，却一脸怒气的男孩到底是谁。他一通过电子旋转门就气势汹汹地走过来对她说："帮我联系你们总经理！"当然展千羽也可以直接冲上去，但是这是他这么多年来第一次来这里，他很想用最短的时间见到自己的父母，然而他发现自己完全找不到他们。

前台小姐很有礼貌地询问："先生，请问您具体找哪位经理？还有您是否已经预约过了？"

"展静展总经理，如果莫经理在的话也可以。告诉我，他们在几层？"此刻展千羽精致的面容像结了一层厚厚的冰霜，而早上和宁浩大打出手造成的皮肉伤还未来得及处理。如果不是蓝琦突然晕倒，也许他还要和那个素不相识的浑蛋小子纠缠个没完，可现在这些都不重要了。他的脑海中只有蓝琦口中讲述的那些往事。那些他不曾知道，被隐瞒了四年的往事。

因为气愤，展千羽的手微微有些颤抖，握紧的拳头却分外有力。他本以为逃到国外，一切都可以随着时间的流逝淡化，那场意外也能慢慢地从他的记忆中消失。然而他错了，那并不是什么意外！她居然还活着！而他做了四年的懦夫，像个傻瓜似的，完全被人操纵着！

"对不起。如果您没有提前预约，我没有办法安排您和经理会面。"前台小姐一脸抱歉。

展千羽的脸色已经难看到了极点！今天是他完全颠覆的一天。从早上见到蓝琦和宁浩的那一刻，就注定了他将告别那个儒雅安静的自己。而此刻他那沾满了灰尘的白色衬衣更说明了这一点，其实他早该这样了，像个男子汉一样承担起所有的责任，承担起他所做过的事。展家所做过的事，即使不能一并承担，至少自己的人生应该掌握在自己的手里。

因为前台小小的骚动，不远处的保安人员已经注意到了展千羽的存在。当然从他进门起，他在整座东海经贸大厦就算是“可疑”人物了。虽然来这里洽谈业务的并不全都是知名人士，但像展千羽这样脸上带着明显的伤痕，服饰也不整洁的实属罕见。所以他的出现自然已经引起了保安人员的注意。

“我不是让你安排！我是在问你经理室在几楼？”展千羽的语气前所未有的强硬，他并不愿意直接说出自己的身份。如果在几十分钟以前，在他没有听完蓝琦的话前，也许他会选择那么做。然而现在，他觉得说出自己是展家的人，对他来讲是一种耻辱。

是的。他真真切切地觉得羞耻。

前台小姐是到岗不久的新人，而且她做梦也没有想到在大名鼎鼎的展氏财团的地盘上工作，也会遇到这么让人头痛的事情。展千羽的要求对于她来讲，无疑是过分的，甚至是荒唐的，然而她并不知道，站在自己面前的人是谁。整座大厦里认识展千羽的人恐怕不超过十个。

面对接待小姐的瞠目结舌，展千羽只能愤愤地在接待台上捶了一拳，然后径自跑向电梯。他准备一层一层地找，总有办法找到，不是吗？可他还没来得及按下按钮，两个保安人员就凶神恶煞地冲了过来。

“就是他！他一定是哪里不正常，或者是存心来捣乱的。”前台小姐委屈地指着展千羽，“他一直嚷嚷着要见经理。”

其实就算她不描述，保安人员也大致听到了刚才他们的对话。展千羽的声音大得整个大厅都能听到，他们之所以没有第一时间过来制止，是因为他还没有做出什么不雅的举动。是展千羽的拳头彻底激怒了保安人员。他们终于确定，这一定是个不识相的疯子，尽管是个长相俊美的疯子，但在东海经贸大厦里绝对不允许出现这样的人！

“你们放开我！听到没有？快点儿放开！”展千羽被两个保安人员架了起来，两只手臂根本没有办法自由活动。他们想把他拖出去，展千羽却一直在挣扎。当然这也是在他过去的二十几年里从来没有遇到过的情况。除了刚才和宁浩大打出手之外，他竟然在短短的一天时间里被“袭击”了两次。

大厅里的其他工作人员一边安抚前来商谈业务的客户，一边尽量使骚动降到最小。说实话近几年在展氏财团的地盘上确实没有发生过这样的滋扰事件，以至于连保安人员都有些兴奋，他们终于有事情做了。

不知道什么时候另一个工作人员找来了保安主任，这个四十几岁的中年男人一脸严肃，像是整座大厦的命运都交到了他的手上，而展千羽正是会毁灭这里的“匪徒”。

“叫你们经理出来，我找他有事情！放开我！我真的有事情！”展千羽拼命挣扎，却怎么也没办法挣脱，加上手臂被反扣着，根本使不上力气。

保安主任带着几个人赶过来，一见展千羽带伤的脸便先入为主地将他列为“坏人”的行列。

从背后扳住展千羽手臂的保安人员气喘吁吁地询问顶头上司：“别看他长得文

质彬彬的，没想到力气还挺大。是把他轰出去，还是？”

主任皱着眉上下打量了展千羽几眼，一指电梯：“先把他带到保安室。然后报警。”

几个人一哄而上，七手八脚地将展千羽扭进电梯。

与此同时，花町市国际机场。

司机刚把车停稳，展静和莫涛便急匆匆地打开门走了下去。四十分钟前，展静突然接到医院打来的电话。展东海的主治医生告诉她，董事长已经联系好德国的一家医院，马上就要乘专机启程，前往德国治疗。

这简直是一个天大的玩笑！父亲不仅对病情一直保密，现在又秘密联系好了医院打算自行离开，这葫芦里到底卖的是什么药？不行！她一定要阻止父亲出国！尽管还不能肯定什么，但是最近发生的一切都太不寻常了。她觉得会有什么事要发生……

安哲一帅气的身影退出包间，关上门之后他倚在走廊的墙壁上，不自然地松了松系在衬衣上的领结。他一身服务生的打扮，白色的制服衬衣，黑色的西装长裤，黑色的皮鞋。当然头发上还被喷上了他最讨厌的啫喱水。这里的一切他都觉得有点儿讨厌，除了那微薄的收入。想到这儿，他有些自嘲地露出笑容，自己硬是要装英雄好汉拒绝了那个人寄来的钱，现在算是“自食恶果”吧。不过他并不后悔。这些年他都是一个人过来的，到了这个时候，凭空冒出来的家伙有什么资格在自己面前忏悔？那个浑蛋！

就在他刚想收起托盘回操作间的时候，一只大手落在了他的肩膀上，紧接着宁浩懒洋洋的声音从身后传来："嘿！臭小子！在偷懒是不是？"

安哲一才回头，桃子就扑了过来，直接冲进他的怀里："怎么可以只有我不知道你出来打工的事情？你看，你竟然穿成了这样！"她有些抱怨地扯着他的衬衣。

"你们怎么会在一起？"安哲一又惊又喜，他扶着她的肩膀，毫不避讳地在她的额头上亲了一下，"我还没来得及告诉你呢！可你神通广大啊，这不，你自己就找来了。以后我还有什么事情能瞒得了你？"

桃子一撅嘴，坚决抗议道："你绝对不可以有事情对我隐瞒！"

安哲一伸手将她拥进怀里，温柔地连声应着："好。好。"

她仍然抓着他的衬衣，却忘了在他结实的胸膛上画圈圈，当然也忘记了这会儿正在一家陌生酒吧的走廊里。她就这么窝在他的怀里，还一个劲地娇嗔着："你发誓！"

"好。我发誓！"安哲一摆明了一副照单全收的架势。

这让一旁始终没有开口的展晴雯又嫉妒又羡慕，大小姐脾气终于发作起来。她一把将宁浩拉到自己身后，冲到两个人面前大声提醒道："喂！我拜托你们行行好，我都快恶心死了！还有你这个……"

她想指着安哲一说"流氓"，可是还没等说出口，目光就与安哲一那略带寒意的目光碰到了一起。灯光幽暗的走廊里，那炯炯有神的目光中似乎带着意味深长的寒意，尽管不凌厉，可还是让展晴雯把那两个字硬生生地吞了下去。

"我怎么了？"安哲一松开桃子，将手搭在她的肩膀上，面带笑容地问道。

展晴雯丢给他一个白眼，违心地回答："没什么，你的衣服挺帅的。"随后挽住宁浩的手臂嚷嚷着，"我们快点儿找位子坐吧。我渴死了。"

还没等宁浩回答，一个领班打扮的女人走了过来，见安哲一搂着桃子，还一副和客人闲聊的偷懒样子，立刻面带不悦。

“你是新来的吧？知不知道自己在工作？”领班指着安哲一责问道，“你这样做是要被扣薪水的。”

桃子赶紧甩开安哲一搭在自己肩膀上的手，然后识相地走到宁浩和展晴雯身边，像是故意要和他划清界限，希望这位苛刻的女人可以当成什么事都没发生过。她可不想因为自己的出现给安哲一添麻烦。

安哲一笑嘻嘻地道歉：“对不起，下次我会注意的。”

领班年纪并不算太大，也就二十五六岁的样子，见安哲一长相英俊，而且态度也很好，竟然没有多说什么，不过她那显得暧昧的眼神让桃子有些不舒服，特别是她竟然还在他的肩膀上拍了一下。

安哲一找了一个包间带他们进去，展晴雯点了东西。桃子虽然是第一次来这种地方，不过因为刚才那女领班的事，她的心情一下子跌到了谷底，根本没心思满足好奇心了。宁浩像是什么都没发生过似的翻着一本杂志，却不知道心里在想什么。

安哲一笑眯眯地来到桃子的身旁，在她撅得老高的嘴巴上亲了一下：“怎么？还在吃醋啊？你看，我赚钱这么辛苦，你以后一定要对我好一点儿。”

桃子一个劲地闹别扭，无赖地嚷嚷着：“那你不要在这儿打工啦！不要总是让人吃豆腐！”

安哲一帅气地打了一个响指，信心满满地说：“放心吧！我卖艺不卖身！”

一旁的展晴雯差点儿被水呛到。

这时安哲一才注意到宁浩，半开玩笑地问：“喂！你这是被谁修理了？”

宁浩懒得理他，支吾了一声：“忙你的去吧。小心一会儿又被教训。”

展晴雯这才想起来，赶紧问安哲一："你们这有药箱吗？我要帮他处理一下伤口。"

"拉倒吧！"宁浩把杂志丢在桌子上，指着自己的脸问，"这也算伤？别大惊小怪了！"

安哲一把托盘拿在手里，一边往门外走，一边说："是啊！还没毁容呢，这算什么啊？鼻子、眼睛、嘴巴一样都没少！没事！"

宁浩抓起杂志扔向他，杂志一下子砸在门上。安哲一一溜烟跑了出去。

见他生龙活虎的样子，桃子总算放心了。她想，这样多好啊！要是每天都能看到他，自己也会每天都可以像现在这么高兴了。她能每天都溜出来吗？想到这儿，桃子忍不住将目光投向正和宁浩扭成一团的展晴雯。

展晴雯非要仔细看看宁浩脸上的淤青，宁浩誓死不从，两个人又闹起了别扭。她往他身上扑，宁浩摆出一副自卫的样子。

"你干吗？少打我的主意！"展晴雯一转头，发现桃子正看着自己，赶紧停止对宁浩的攻击，严正警告道，"今天的事不准说出去！不然下次休想让我帮你！"

"好好好！我保证不说！"桃子赶紧讨好般地回答，然后小心翼翼地询问，"那……以后我想出来的时候你都会帮忙吧？"

展晴雯想了想，然后丢给她一句话："你干脆不要回去了！就这么逃跑吧！"她实在不想整天带着这个大麻烦，可转念一想，又补充道，"今天不行，今天家里知道你是和我一起出来的。你逃跑会连累我的。下次，下次你筹划好了就不要回去了，和你那位白马王子浪迹天涯去吧！看！多浪漫！啊！痛啊！浑蛋！"

展晴雯还没说完，宁浩就揪着她的耳朵让她闭嘴。这主意实在馊得可以，不过她本来就是开玩笑。就凭展家的财力和人力，就算逃到天涯海角估计也会被抓回来。白痴才会把她的话当真呢！

桃子沉默了几秒钟，若有所思的样子让展晴雯好奇。她伸出手在桃子面前晃了晃：“你傻了啊？”

桃子两眼发亮，很认真地对她说：“这办法不错！那你能帮我逃跑吗？”

展晴雯两眼一翻，转头钻进宁浩的怀里，咬得他鬼哭狼嚎。

展千羽在东海经贸大厦被关了足足四十分钟，其间一个不知死活的保安人员还自以为是伸张正义似的打了他一拳。直到警察赶到，了解情况之后将人带走。而此刻的展千羽已经被气得一句话都说不出来了，他那儒雅高贵的形象也彻底颠覆了。他不再安静，更不再冷静，他觉得今天自己完全改变了。

在展千羽被带走十分钟后，展静和莫涛乘坐的车在门口停了下来。展静的脸比下雨前的天空还要黑，莫涛也一副无可奈何的样子。他们赶到机场的时候，那班飞往德国的航班已经起飞了。他们甚至连展东海的面都没有见到。

保安主任邀功似的站在一楼的入口处，等着展静和莫涛归来。东海经贸大厦平时难得出什么乱子，而今天来捣乱的人又指名道姓要找两位经理。如果他的英明举动真的替两位展家的大人物挡下了一场灾难，那么以后的“钱”途自然不用说了。想到这儿，他一阵窃喜。

电子旋转门，展静黑着脸走进来，高跟鞋在大理石地面上留下有节奏的叩击声。

保安主任赶紧跑过去，点头哈腰，将近180厘米的个头在展静面前竟然还矮了半个头，他毕恭毕敬地说："总经理好。"

展静一摆手，根本不打算理会他，径自朝电梯的方向走去。那冷傲的面容犹如屹立千年的冰山，完全捕捉不到一丝表情的变化。她高贵，她倨傲，她甚至不经常用眼睛看人，然而在面对展家未来局面的时候，她仍然会觉得不安——这个家到底会变成什么样子？

"副总经理好。"保安主任又对莫涛鞠了一躬，见两个人的脚步都没有放慢的意思，他锲而不舍地跟了上去，"那个……刚刚有人来捣乱，指名要找两位经理。"

展静和莫涛几乎同时停住脚步。两个人又很有默契地对望了一眼。他们想到的无疑是同一件事情，可是……怎么会这么快就找上门来了？今天宁家不是才举办过葬礼吗？而且听说宁家实际上已经没有可以出来主持大局的人了，旗下一直在反抗的公司也在同一时间瓦解，收购计划很顺利地完成了。这家蕴藏着大量未知财富的公司已经完全属于展氏财团了，只差正式签订合同。难道会在这时候出什么差错吗？

展静的目光中充满了疑问，而莫涛当然能第一时间读懂她的意思。他果断地摇了摇头，表示这件事情做得很小心，绝对不会留下什么证据，更不会有什么麻烦。

保安主任看得一知半解，可又不敢贸然插话，只能等着两位经理开口。

莫涛看了看四周，这个时候并没有太多人进出，他压低声音询问："是什么样的人来找我和总经理？具体形容一下，他们都说了些什么？"

还没等保安主任开口，展静的电话便响了起来。她心烦意乱地掏出来，发现是个陌生号码。尽管担心眼前的事情，但又唯恐是哪里出了问题，她只得按了接听键。电话那头传来陌生的声音，展静才听了几句，脸色就变得更加阴沉。如果说刚刚她那张面容犹如雷雨到来之前，那么现在就已经电闪雷鸣了。

展静只对着电话说了一句："我马上到。"然后便挂断了。

莫涛没搞明白是怎么一回事，询问道："是谁打来的？又出什么问题了吗？"

"真是乱成一团了！这都是怎么搞的！"展静一边恶狠狠地抱怨，一边转身朝门口走，莫涛赶紧跟了上去。

才走了几步，保安主任有些不知所措的声音从背后传来："经理……"

展静回过头，迎上一张献媚的笑脸。她伸手扶了一下眼镜，一字一句地说："你——立刻收拾东西给我滚蛋！"然后头也不回地走进电子旋转门。

保安主任顿时呆在了原地。

CHAPTER 09
第九章
TEARS OF DARK INFECTION

I have been looking for someone to shed some light
Not just somebody just to get me through the night
I could use some direction
And I am open to your suggestions
All I want to do is find a way back into love
I can not make it through without a way back into love
And if I open my heart again
I guess I am hoping you will be there for me in the end
There are moments when I do not know if it is real
Or if anybody feels the way I feel
I need inspiration
Not just another negotiation
All I want to do is find a way back into love

包间里，宁浩闷头喝着酒，脸上的伤在昏暗的房间里并不太明显。展晴雯抱着麦克风唱个没完。桃子觉得有点儿无聊，尽管安哲一在“星期六”打工，但毕竟是工作时间，她能见到他的机会并不多。

桃子忽然想起外公在病房里交给自己的纸条，想起那个必须要去一趟的地址。桃子觉得即使全世界的人都不值得信任，她也会相信外公。

包间里的灯光闪烁不停，展晴雯点的歌曲全都是劲爆火辣的类型，桃子觉得鼓膜都快被震穿了，于是她把杯子里剩下的最后一口饮料喝完，站起身对角落里不知道在想什么的宁浩说：“我还有事情先离开一会儿。”

展晴雯回过头，举着话筒问：“你可别指望我会在这儿等你！”

桃子已经把包间的门打开了，顺手又关了起来。她站在门口想了想，问道："晚上我们俩要一起回去吗？"

"你以为我很想和你'形影不离'吗？"

"可是一起回去才不会被怀疑吧？"

展晴雯觉得自己惹上了一个大麻烦，于是丢下麦克风挤到宁浩身边，一把抢下他手里的杯子："喂！你今天是怎么了？只顾着自己喝酒！你什么时候这么喜欢喝酒了？"

宁浩不说话，把杯子又拿在手里。

"我们要在这儿待到什么时候？一直等到安哲一下班吗？"展晴雯有些无聊地发问。

"不知道。"

"你耍我是不是？"展晴雯不甘心地捶了宁浩的肩膀一下，"你到底是怎么回事？今天一直怪怪的。你还没说和谁打架才会挂着彩出现呢！"

宁浩懒洋洋地瞪了她一眼，漫不经心地问："哪有这么多为什么？"

"你的意思是，你根本不想告诉我？"展晴雯的表情严肃起来，两个人的"口水战"眼看就要升级了。

桃子想赶紧躲开这个是非之地，于是大着胆子插话进去："那……这样好了，我先离开一下。尽量在一个小时之内赶回来。如果你们要去其他地方，那么晚上8点钟在门口集合，然后我们俩再一起回去。"

展晴雯丢过来一个白眼，不耐烦地嚷嚷着："你真的很烦！快点儿消失吧！"然后又将矛头对准宁浩。

为了免受牵连，桃子赶紧开门闪出了房间。

安哲一刚好从隔壁的房间出来，看见了桃子，问道：“你要去哪儿？”

桃子指了指身后的包间：“里面的气氛不太对，再待下去准没好事情。”

周末的缘故，来玩的人特别多，安哲一忙了大半天水都没来得及喝一口，不过他还是很高兴今天可以看到桃子。

“对了！”安哲一突然想起什么事，从口袋里摸出一把钥匙，“这是我专门给你配的备用钥匙，要是在这儿待得无聊就回去等我吧。下班之后我们一起去吃东西。”

“好啊！”桃子开心地接过钥匙，顿时觉得心里甜丝丝的，赶紧上前在他的脸上亲了一下。

不过他们还没来得及再说些什么，那个可恶的领班就又吵着让安哲一去工作。桃子只好一个人先离开。

加长的黑色林肯车内，气氛一度沉默得有些难堪。莫涛坐在展静身边，对面是有些灰头土脸的展千羽。刚才在警察局的时候，展静和莫涛差点儿没有认出自己的儿子。谁能相信平日里那个安静儒雅的少年，竟会变成这副样子？不仅脸上带着好几块淤青的痕迹，嘴角还出了血，洁白的衬衣沾满了污渍已经面目全非，连扣子都在扭打的时候掉了两颗。

展静气得在警察局里大叫：“我要投诉！谁把我儿子弄成这样的？”

莫涛也第一时间联系到了花町市公安局局长，如果在这里胆敢有人把他的儿子弄成这样，那么那个人一定是不想要饭碗了。

可当他们得知，将展千羽带来的时候他就已经是现在这样，两个人全都目瞪口呆，半天没有回过神来。而在整个过程中，不管展静和莫涛对他说什么，展千羽的脸上都没有任何多余的表情，他冷漠得犹如一座冰冷的雕塑，那深邃的眼中也是一片死灰，完全感觉不到光明的存在。

车子行驶在公路上。一直识相地连大气都不敢出的司机终于按捺不住，小声问了一句："总经理，现在是回公司还是……"

下一个路口刚好是个两条路的分岔口，到底该去哪个方向必须要做出决定了。

展静慈禧太后一般阴沉的脸色始终没有好转，莫涛也无可奈何地望着对面的儿子。听到司机的询问，他看了一眼身边的妻子，斟酌了一下回答道："直接回家吧。"

"好的。"司机小心翼翼地回答道，生怕惹祸上身受到牵连。

车里的气氛实在让人觉得压抑，空气中似乎弥漫着一触即发的危险因子。展千羽的脑海中不停闪过蓝琦说过的话，当年的一切就这么浮出了水面。过往的一幕一幕，像播放的老电影一般，每一个画面都带着伤感。

终于展千羽无法抑制的愤怒爆发了。

"停车！"

司机转过路口，刚要继续前行，被展千羽的声音吓了一跳，可是又不敢贸然停下来，只好减慢速度，不知所措地从后视镜里看着坐在后面的两位总经理。

展静早就被一直不肯开口的儿子激怒了，只是不愿意在外面发作。可这会儿他不仅不知道反省，还愈演愈烈地继续滋事。她满肚子的怒火也被点燃了。

“小羽！你知道自己在干什么吗？你好好儿看一看你的样子！你还像我们展家的人吗？”

展千羽眼中像是有千万把锋利的刀子，射出的目光让展静和莫涛忍不住心头一颤。他们看到的是那冰冷陌生的眼神和一张苍白得充满绝望的脸。这……还是他们的儿子吗？

“停车！”

展千羽的声音像是从天边传来的雷声，低沉而不容抗拒。司机忍不住一脚踩在了刹车上，由于惯性，展静和莫涛的身子剧烈地摇晃了一下。车还没有完全停稳，展千羽已经打开车门大步走了下去。

车外正是横跨港口的高架桥，从桥上过去直行不远就能进入繁华的街道，展家所居住的高档别墅区就在穿过街道的第二条路上。但是他们还是没能顺利到家。展千羽忍无可忍地爆发了。

他独自走到高架桥的栏杆边。桥下是港湾，有停靠在岸边等待装载、卸载货物的船只，能看到匆忙作业的船员和在码头工作的工人。不管从哪个角度望过去，人，都是最渺小的。因为高度的缘故，周围的风也显得更大一些，展千羽泛着绸缎般光泽的发丝被吹得凌乱不堪。发丝拂过他受伤的脸庞，让他有一种疼痛的感觉。

展静顾不上自己一身短裙套装的打扮，追着展千羽下了车。莫涛吩咐司机等在边上，自己也几步跟了上去。一边走一边脱下自己的西装外套披在已经瑟瑟发抖的展静的肩膀上。尽管她平日里对他大呼小叫，令他完全丧失了身为男人的尊严，可他毕竟还是她的丈夫。

CHAPTER 09 第九章

展千羽双手搭在栏杆上，半弯着身体，他该如何去质问自己的父母呢？他该如何去清算这笔可耻的孽债呢？

“小羽，你……”莫涛在车上就一直观察着儿子，他觉得一定发生了什么事情，不然一向冷静的展千羽绝不会变成这样，他犹豫着问道，“今天是不是出了什么事？有什么话你就对爸爸妈妈讲，没有什么事是我们不能解决的。你要相信……”

“我不相信！我再也不会相信你们！”展千羽直起身子，几乎咆哮起来，“我知道，展家，在整个花町市完全可以只手遮天！可我并不以此为荣！相反，现在我更希望自己只是个普通人！你们都做了些什么？你们都做了些什么啊！”

猛烈的风将展千羽的脸吹得刺痛起来，眼前这个发怒的少年再也不是那个安静儒雅的翩翩贵公子。他发泄着心中的怨恨，以及这四年来内心充满的悔恨。可此时此刻，在几十米高的高架桥上，身边有匆匆行驶而过的车辆，他除了咆哮别无他法。

“展千羽！你还是不是我的儿子？你现在竟然站在这种地方，说着这种鬼话！你——”展静指着儿子的手因为过度愤怒而微微颤抖，她高高盘起的长发也早就被风吹得松松垮垮的。她与他对视，目光交错间找不到任何刀光剑影的痕迹，却在冰冷的空气中留下令人窒息的绝望，仿佛这一刻，他们是完全不认识对方的陌生人。

莫涛赶紧走到儿子面前，拉住他：“小羽，快点儿跟妈妈道歉！”

展千羽挣开了莫涛的手，痛苦地望着面前的人——那既熟悉又令他觉得格外陌生的父母。他好看的嘴唇因为一天滴水未进而显得苍白，可他还是勉强扬起一抹自嘲的笑容：“妈……”

展静已经做好了训斥他的准备，即使他现在认错道歉，她也会站在一位母亲的角度上，特别是一位展家母亲的角度上好好地教训他。她的儿子绝对不可以这样目无尊长！更不能这样失态地忘记自己的身份！她所做的这一切不全是为了他们吗？展千羽也好，展晴雯也好，这两个孩子竟然没有一个领情的！她这是造的什么孽啊！

展千羽迎着猛烈的风一步一步走向自己的母亲，他颀长挺拔的身姿此刻看起来竟然那么脆弱。仿佛每走一步都要耗费巨大的能量。他的眼睛被风吹得干涩，可他明白，眼底的潮湿是真实的。

两个人之间的距离并不远，可他走得异常艰难。

展静望着四年来都没有仔细看过的儿子，猛地发觉，他又长大了。当年那个有些叛逆，为了一个女孩不惜与自己反抗到底的青涩小子这会儿已经长成英俊出色的男子汉了。可这四年他并不在她的身边，他的成长她不曾亲眼看见。其实这二十多年，作为一个母亲，她是多么失败啊！

夜幕深沉，冷风一阵接着一阵地吹着单薄的三个人，仿佛连喘息的机会都不愿留给他们，它要将他们吞噬，只有这样才能结束所有的悲伤，所有的劫难。

“妈……”

他们之间的距离近在咫尺。在寒冷的风中，他的声音飘得很远。

展静那颗坚硬的心，终于在亲情的呼唤下柔软下来。那紧绷的脸也稍稍舒缓。她对他说：“别以为你道歉，我就会轻易原谅你。小羽，你该学着懂事了！以后展家是要交到你手上的，你怎么能总是说一些糊涂话呢？你太让我失望了！”

“妈，我也很失望。”展千羽唇瓣苍白，原本晶亮澄澈的眸子此刻也蒙上了淡淡的灰暗。

“知道错了就好。以后……”展静的话才说到一半，她却怎么都无法继续下去了。因为她赫然发现，展千羽那完美精致的面容上出现了绝望的表情——那么疼痛，那么悲伤。而他眼角流出的冰冷液体如此晶莹剔透。即使是四年前，在那样激烈的争吵中，在那样决绝的场面中，他都不曾流下眼泪。而此时此刻，他凝视着自己的母亲，那似乎是从心底淌出的泪怎么也无法抑制。

展静惊呆了。

那泪冰冷刺骨，从那苍白的脸颊一直滑落进悲伤的记忆。可展千羽居然微笑了，那笑伴着泪，在嘴角绽放……

他对她说："妈……你把我的孩子弄到哪儿去了？"

几十米高的高架桥，像是没有尽头，没有出口，如同可以埋葬意识的坟墓。展静的身体微微摇晃了一下，她觉得自己被人无情地推入了坟墓里。

蓝琦睁开眼睛，一时没有反应过来自己在哪儿，只觉得一阵消毒水混杂着某种花香的味道冲进鼻子。几秒钟之后，一些零散的影像才归位一般回到她的脑海中。

"天哪！"她条件反射般从病床上坐起来，发现手臂上还扎着输液的针。

"不要动。"一个年轻的小护士刚好从门口经过，看见蓝琦粗鲁的动作，赶紧走进来制止她，"你的葡萄糖还没有输完呢。"

"送我来的人呢？"蓝琦被按回床上，只得乖乖地靠在枕头上。

小护士想了想，突然眸光一闪："你是说那个很帅的男孩吧？穿着白色的衬衣，神情很忧郁！不过……他好像受伤了啊。"

蓝琦打量了这个"花痴"小护士一眼，发现她也许还没自己年纪大呢，搞不好只是哪所医科大学的实习生。再纠缠下去恐怕也只是白费口舌，于是她冲她摆摆手，示意她不用再说下去了。

小护士抿抿嘴，很识相地朝门外走。不过走了几步，她又回过头来十分尽职地叮嘱道："你因为几天没有休息好，劳累过度需要疗养。葡萄糖尽管可以补充一些体力，不过回去之后你要多吃一点儿营养品，让你的家人好好儿照顾你。"她背书一样说完，这才心满意足地离开。

家人吗？蓝琦咬了咬嘴唇，闭紧双眼。

她都做了什么？四年前，还不满十八岁的蓝琦初遇展千羽，那时候她并不知道他是谁，只是被他那与众不同的高贵气质和英俊的外貌吸引。可她终究是矜持的，是害羞的，他们只是在音乐会散场的时候对望了几眼，初恋的青涩情愫就是在那眼波荡漾的交错中埋下了甜蜜的种子。当然一切灾难也正是从那一刻开始的。

蓝琦觉得自己的手指传来冰冷的感觉，仿佛流入身体里的不是葡萄糖，而是那些沉重悲伤的记忆，并且它们时时刻刻提醒着她，狠狠伤害过她的罪魁祸首到底是谁。可让她没有想到的是，就在几个小时前，展千羽抱起她飞奔到路边，近乎疯狂地拦下出租车赶往医院，她在半梦半醒之间向他讲述当年的事时，他竟然一副完全不知情的样子。真是可笑！那封决绝的信不正是他写给她的吗？上面的字迹她不会认错的！而且展家在九个月之后还无情地夺走了她的孩子！现在想起来，她连那孩子的样子都没有看清楚。这几年她之所以一个人坚强地活着，就是为了那个孩子！她要她的孩子！

"漂亮的大姐姐，你一个人寂寞吗？"

就在蓝琦沉浸在那悲伤的回忆中时，一个稚气的童音从病房门口传来。她睁开眼，目光所及却没有看到任何人，病房的门虚掩着，留有很小的一道缝隙，看不清楚外面，只能听到一点儿轻微的声响。

“是谁？”蓝琦好奇地问了一句。

“大姐姐！漂亮的大姐姐！”那道小缝隙慢慢变大，一颗小脑袋从外面挤了进来。小家伙穿着病号服，尽管脸色看起来稍显苍白，可那双晶亮有神的大眼睛却有着说不出的机灵。此刻他正扑扇着小刷子一样的睫毛，笑嘻嘻地望着蓝琦。

蓝琦坐起身，阴郁的心情被那尽管顽皮却格外可爱的声音冲淡了不少。她冲他笑笑，招了招手：“来！你在和我讲话吗？”

龙龙扭着小屁股，推门走了进去：“大姐姐，你寂寞吗？我们来约会吧！”

他走到床边，盯着蓝琦的眼睛看，乌溜溜的眸子像黑曜石一般璀璨，樱花花瓣似的小嘴粉嫩粉嫩的，再加上那水蜜桃一样肥嘟嘟的小脸蛋，任谁看了都忍不住想亲上一口。

龙龙爬上蓝琦的病床，一点儿不惧怕生人，像是一早就认识了一般趴在她的腿上，仰着脸“嘿嘿”地笑着。

“你可真是个有意思的小家伙！”蓝琦打心眼里涌起一抹欣喜，她伸手在他的小脸上捏了捏，光滑细腻的皮肤像丝绸一般。

龙龙看了看床边吊在支架上的半袋葡萄糖，好奇地询问：“大姐姐，你生病了吗？”

蓝琦笑了笑，反问道：“那小家伙，你呢？你为什么在医院里？”

“这是个秘密哦！当然不可以随便告诉你啦！”龙龙故作神秘地撅起小嘴，“不过你要是亲我一下，我会考虑考虑的！来，我们亲一下！”

“你这个小坏蛋！”蓝琦摸了摸他的小脑袋，忽然觉得温度不对，下意识地又摸着他的额头，随即忍不住皱起了眉毛，“小家伙，你发烧了。你爸爸妈妈呢？你跟谁一起来医院的？”

蓝琦边说边伸手去拔还没有输完葡萄糖的针头，刚撕下固定针头的胶带，病房外就传来一个焦急的声音。

“龙龙！你怎么这么不乖？我去打水的工夫，你就到处乱跑！”紧接着一个三十多岁的女人走了进来，边走边冲蓝琦露出抱歉的笑容，说，“真对不起！这孩子不懂事，没有打搅到你吧？我这就带他离开。”

龙龙没等那女人抱，就自己从病床上跳了下去，然后冲她吐了吐舌头：“我要回家！我要和大姐姐约会！我要看小象有没有变成大象！”

“乖！等病好了，我们就回家。”女人抱起龙龙，哄着他，“不可以再乱跑了，知道吗？你要是不听话，医生叔叔会生气的。”

龙龙搂着她的脖子，似懂非懂地点了点头，临出门的时候还扭过脸来，伸着小手对蓝琦说：“漂亮的大姐姐，等你病好了，我们来约会哦！”

蓝琦望着他们的背影消失，心里猛地一阵空落落的感觉。她还是将针头拔了出来，然后疲惫地靠在病床上，那稚嫩的声音不停地回荡在她纷乱的脑海中，像一曲充满童真的歌谣……

桃子乘坐的出租车在花安街的路口停下，司机指着前面的街道告诉她：“车只能开到这里了。因为是单行道，要绕很大一圈，还不如你下来自己走进去。”桃子付了钱，微笑着道谢。走下车之后她才有些后悔，她并没有来过这儿，甚至连这附近都没有来过。看着陌生的建筑，她实在不知道该怎样找幸福疗养院。

从单是乘车都要四十多分钟的路程来看，这里似乎已经远离花町市中心地段了，而且附近的建筑也远远没有中心地段高大拥挤。相比来讲，这里的设施还有待建设，几条相连的街道上都是居民区，看上去已经有些年头了，有一些还是三四层的板式楼。底层也显得并不那么商业化，除了一些小型的超市和美发店之外，还有几家网吧，规模都不算特别大。但因为是周末，人气还是不错的。

桃子沿着单行道走了十几分钟，还是不见有任何招牌或者路标指示幸福疗养院的位置。无奈之下她只好就近找了一家小超市，买了一罐饮料之后向收银员询问道：“请问这附近有一家幸福疗养院吗？”

收银员是位热情的中年妇女，就住在这一区。听到桃子的问话，她仔细想了一会儿，像是有了些印象：“这条街只有一家疗养院，但是叫什么我实在记不清楚了。就在花安街的最后一条街道上，右转最里面就是了。大概走二十几分钟就到了。”

桃子听得一知半解，她实在不知道花安街究竟有哪几条街道，而自己又正处在哪一条上。总之她已经后悔自己冒冒失失地跑来了。早知道这样，她应该等安哲一下班之后一起来，她觉得如果安哲一在的话，一定会很轻松地找到目的地。可桃子举着饮料喝了好几口之后，又发觉自己太依赖他了，只好尽量让收银员阿姨讲得详细一些。然后桃子打起精神，决定无论如何这次也要依靠自己的力量调查清楚这件事。

当然她并不知道在前方等待她的是什么，或者说，她完全没有意识到正在接近关于自己身世的真相。只是桃子在扔掉罐子的时候，刚好看到掌心的滴泪痣。那相思豆一样的小家伙安然地躺在她的掌心，像是熟睡的小虫子。

收银员口中提到的二十几分钟的路程，桃子走了足足半个小时，最后要不是向一位老奶奶打听，她险些又走错了方向。花安街简直像迷宫一样难走！幸好皇天不负有心人，桃子终于找到了幸福疗养院。

可是站在那陌生的大门前时，桃子不知道自己该怎样对门卫叔叔说明来意。难道要告诉他自己是来调查身世的吗？还是干脆搬出展家的名号？

“请问你找谁？”大门旁传达室一样的房间里走出一位年轻的门卫，看样子也就三十岁左右。

桃子礼貌地微笑了一下，并没有完全整理好要说的话。可面对询问她只好开口回答：“那个……我是来找……”她吞吞吐吐了半天，最后一拍手反问道，“这里都住着些什么人？”

门卫一副莫名其妙的样子，似笑非笑地说：“你这小姑娘可真有意思！你来疗养院到底有什么事？如果你是找人，那么说出具体名字，登记一下，我可以帮你去联系。”

桃子为难地看了看大门里面的几栋楼房，心里盘算着到底要怎么办。无计可施之下她只好开门见山地说明来意：“我也不知道自己要找的是什么，只有一串号码，可连我自己都搞不清楚代表什么。”

“号码？”

“是啊。8905。在这疗养院里有这样的号码吗？”桃子并不指望对方能给出什么建设性的答案，只希望他不把自己当成故意来捣乱的家伙赶走就好。毕竟连她自己都觉得这样的做法实在可笑。谁会这样莫名其妙地拿着几个数字来问这种问题？

然而门卫听完之后很肯定地说：“该不会是储物柜的号码吧！”

“储物柜？”

“对啊！你家有什么人曾经在这里疗养过吗？”

桃子摇了摇头。心里却在猜测，如果真的像他说的那样，那么会是谁在这里疗养过呢？而这个人又在储物柜里留下了什么呢？

当然这些都只是猜测，要想验证门卫的话是否正确，她必须混进去才行。不仅要混进去，还得顺利地找到储物室，然后找到8905号储物柜。如果这一切都按部就班地完成，那么还剩下最关键的一点——储物柜必须没有密码或者没有上锁。不然就算找到了也毫无意义。

天哪！桃子顿时一阵茫然。

宁浩和展晴雯走出“星期六”的时候几乎谁都没有理谁。展晴雯尽管不知道发生了什么事情，不过她的忍耐已经到达了极限。从今天见面开始，忍让退步的人就是她，这对于展家的千金来说无疑是一件前所未有的事情，偏偏她遇到的又是一个完全不懂得“知恩图报”的家伙，于是展晴雯的“公主病”终于发作了。

她气鼓鼓地走出“星期六”的大门。站在门口的服务生礼貌地说“欢迎下次光临”的时候，她怒气冲冲地回头吼道：“我再也不会来这个鬼地方了！”

宁浩走到自己的摩托车旁。展晴雯站在几米之外的地方。她望着他桀骜不驯的背影，心里像打翻了五味瓶，说不清到底是什么滋味，是委屈还是气愤？是失望还是悲伤？她咬着嘴唇，拼命忍着不让眼中的液体滑落。有一件事情她还没来得及说，她原本打算今天在最适当的时候说出来的，然而现在……

摩托车引擎发出刺耳的声音。周末的街道上人头攒动，宁浩将头盔戴好，酒精让他的脑子有些混沌。

“你就打算这样走了，是不是？”展晴雯忍不住叫了一声。

宁浩却没有停下来的打算，继续发动摩托车。他心里的一切有谁能明白呢？他现在居然有些后悔惹上她了。可事情发展到这一步，他没有退路，更不能放弃。就在今天上午，他才对着父亲的骨灰发誓，他一定会让展家的人得到报应！

想到这儿，宁浩咬了咬牙，用力转动把手，引擎声再次加大。一阵白烟过后，那个黑色的身影在熙熙攘攘的街头消失得无影无踪。

“宁浩！你有种！”展晴雯跺着脚，终于忍不住流下了眼泪。

宁浩的情绪总是在夜晚高涨到顶端，仿佛对他来说，只有在天空变成黑幕一样的颜色时，花町市的空气才能让他觉得呼吸顺畅一些。这里的一切对于他来说，越来越像一场梦魇，无时无刻不在折磨着他还未完全成熟的心智。

葬礼、眼泪、离别、虚伪……还有什么比这些更令人痛苦？然而这一切的始作俑者，却还好好儿地生活在这个世界上。他过早地承受了这一切，难道老天就是这样安排宿命的吗？不公平！

在宁浩的世界里，此时此刻只熊熊燃烧着“不公平”这三个字，就像无情的大火蔓延开来，从心底一直烧到骨子里，将每一个细胞都烧掉。

他觉得自己快要疯掉了！除了仇恨他还拥有什么呢？

蜿蜒曲折的山道像一条巨蟒攀附在陡峭的石壁上。飞驰的摩托车像一只发疯的怪兽肆意咆哮着。呼啸而过的风声充斥着宁浩的整个脑子，除了昏暗的灯光，他看不到前方到底还有些什么。向前，就那么一直向前……可是尽头等待着他的是什么呢？宁浩觉得一阵眩晕，酒精终于让他的视线越来越模糊。一声巨响之后，宁浩还来不及分辨刚刚是否看到一块写着字的牌子，整个人便跌在地上。栅栏被撞飞，飞驰的“怪兽”停了下来……一切变得安静……

宁浩的头盔跌落在悬崖边上。

花町市的夜空总是那么凄美。

命运安排着一个又一个剧目上演。在渺小的人类看来，这不过是悲欢离合的不断轮回。然而自己骤然成了主角的时候，谁又能倔犟地说不在乎？

宁浩。

但愿在这样的夜空下，这颗悲愤的灵魂可以得到安宁。

小屋。

月光透过窗帘的缝隙倾泻进来，角度恰到好处。

安哲一还未来得及换衣服，就那样急匆匆地赶了回来。一进门，他便望见桃子安静地躺在床上，她像是比他还要累。他觉得她进入展家之后变得小心翼翼，并且总是一副心事重重的样子。

他蹑手蹑脚地走进去，将一大串钥匙轻轻地放好。她在！安哲一总算放下心来。可是他明白，桃子是不可以在外面过夜的，展家绝对不允许这样的事情发生。可望着那张平静温暖的面容，他实在不忍心叫醒她。让她再睡一会儿……

她是等得心急了？或者是百无聊赖了？

安哲一修长的手指轻轻滑过她姣好的脸庞。他总觉得，在命运牵扯的深处，他们是如此相似，仿佛注定要相依为命地在一起。但是如今，桃子被上天眷顾了，她有了新的身份，有了新的居所，甚至有了新的命运。他又有什么权利去阻止和羁绊她的一切呢？他们的未来又将会怎样？

那束平静的月光刚好温柔地落在安哲一英俊的面容上，那倾斜的角度让他的侧脸显得异常性感。这个词似乎不太适合用在一个男孩子身上，但至少在此时此刻，安哲一是当之无愧的。他坐在床边，温润潮湿的气息轻轻扑向面前的人。他凝视着她，安静而深情……清脆的手机铃声打破了平静。

桃子睁开惺忪的眼睛。她是累了。那累是脑袋过度思考的后遗症。她想，睡一觉或许一切就会好起来。可醒过来的时候，进入视线的是熟悉的身影。

“小一。”她脱口而出他的小名，似乎很久都没有这样叫过他了，也不知道为什么，这会儿突然就叫了出来。

桃子坐起身子，也不知道自己睡了多久，安哲一却握着手机一副若有所思的表情。她想再唤他，却又觉得那个打来的电话有些不妥，是她太敏感了吗？

“你待在那儿不要动。”安哲一平静地说，“我马上过去。”他随即挂断电话，转身拿起桌上的钥匙。

“小一，你要去哪儿？”桃子这下完全清醒了，翻身从床上下来，连鞋子都来不及穿，一把抓住安哲一的胳膊，“你什么时候回来的？是谁打来的电话？”

“乖。你先回去。我有点儿事情要处理。”安哲一用手在她的头发上轻轻地摩挲了几下，就像哄着撒娇的孩子一般。他很想告诉她。但是怎样才能说得清楚呢？况且电话那头，蓝琦的情绪似乎很糟糕，这个女人一定是疯了！这种时候偏偏宁浩又不知道跑去哪里了。这都是些什么事啊？

桃子固执地咬着嘴唇，拉住他胳膊的手一点儿都不肯放松。

“乖。”他再次哄她。

“不！”

“我保证不是去做坏事。”安哲一的嘴角扬起好看的笑容，他笑的时候，总给桃子安心的感觉。特别是他笑得如此温柔的时候，桃子知道，接下来他一定会吻她的额头。

果然，安哲一在她光洁饱满的额头上亲了一下，虽然是蜻蜓点水般，却充满了疼爱。

于是桃子让步了。她松开手，嘴上却说：“你要去哪儿？我和你一起去。”

“听话，我处理完事情就会回来乖乖睡觉，保证哪里都不去了。你看看时间，再不回去，又要被训斥了，况且你是和展晴雯一起出来的，现在也该回去找她了。”

听他这么一说，桃子才猛然想起来，一拍脑门，叫了起来：“糟糕！”她真是糊涂！怎么把晴雯忘得一干二净。说好要一起回去的，这会儿也不知道她在哪儿？还和宁浩在“星期六”吗？不不不！一定早就走了吧，小一都已经下班回来了，恐怕他们也离开了。那么现在要去哪儿找她？自己睡过了头，如果不是有电话打进来，恐怕这一觉要睡到明天早上了。要是回去迟了，那位“老佛爷”又要怪罪了，搞不好下次想出来都难了。

“好吧。看来我是没办法做你的跟班了。不过小一，你要保证，不管你去做什么，一定要快一点儿回来。”虽然不情愿，桃子还是做出了让步。

安哲一一本正经地发誓。桃子这才安下心来，穿好鞋子。她想起之前的事情，正犹豫着要不要告诉安哲一，抬头却见他已经开门出去了，留给她一个背影。

唉，还是算了吧，看来今天是没什么机会开口了。

夜，很深了。

在出租车上，桃子给展晴雯打电话，她的手机却一直处于关机状态。这下桃子完全慌了，该不会是她等不到自己，生气故意关掉了手机？依照展大小姐的脾气，这是完全可能的，并且也是最坏的可能。如果真是这样，那就糟糕透了。说不定她已经回到了家里，搞不好还添油加醋地跟“老佛爷”说了她的行踪……桃子觉得头又疼了起来。她并不害怕和展家的人对抗，只是这样恐怕不会有什么好结果，她总得为以后打算。

怀着忐忑不安的心情，桃子在别墅门口站定。奇怪的是，一眼望去，除了门廊里隐约透着灯光之外，其他的房间都没有亮灯。桃子定了定神，掏出钥匙打开了院子里的大门。此时已经过了午夜，用人们恐怕也都睡下了。桃子蹑手蹑脚地走到玄关，刚把钥匙插进锁孔，就听到门内传来轻微的“咔嚓”声，紧接着她还来不及反应，门便赫然打开了。

CHAPTER 09 第九章

桃子吓了一跳。在这种时候，这么近的距离，毫无预兆地出现一张几乎没什么表情的脸，这使得她的心脏猛烈地跳动着。

“小姐。”

桃子摆摆手，按着胸口绕过开门的张阿姨走进去。

只有玄关的灯是打开的，客厅里一片幽暗。几扇落地窗的窗帘都拉上了，连月光都透不进来。一眼望过去，仿佛童话中被下了诅咒的地下室，加上角落里的古老时钟的“滴答”声，这一切都让桃子觉得不太真实。

不过她很快意识到了不对劲，好奇地转头问张阿姨：“晴雯没回来吗？”

张阿姨的脸上满是倦意，打理偌大的展家原本就是一件辛苦的事情，加上最近每个人的情绪多少都有些不对劲，空气里总是弥漫着火药味，让这位经验丰富的用人不得不时刻提高警惕，生怕哪句话，哪个动作触到“雷区”，自己冤枉地成为出气筒。

“今天真是奇怪，也不知道人都哪儿去了，小姐你是第一个回来的。”张阿姨指了指楼上，“全都不在，我再等等好了，免得出什么事情。”

这就奇怪了。桃子虽然搞不明白是怎么一回事，但还是迈步朝楼上走。借着玄关处的光亮，她再次看了一眼那空荡荡的客厅。

晴雯没有回来也就算了，连展静夫妇也不在。那么展千羽呢？虽然没有被发现回来晚了是一件好事，可桃子总觉得有什么地方不太对劲。

她在卫生间的洗漱台洗了把脸，对着镜子，一边用毛巾擦掉脸上的水滴，一边思量着今天的事。纸条上的神秘号码，小一接到的电话，不知去哪儿了的晴雯，以及像是人全都消失了的展家……或许是自己想多了吧！哪里有这么诡异的事！搞不好是公司里出了什么状况，反正那位“老佛爷”是女强人，现在整个展家几乎都掌握在她的手里。而展晴雯说不定和宁浩去哪里疯了。展千羽也总是神龙见首不见尾的，看不到也不算什么稀奇事。

桃子对着镜子做了一个深呼吸。让她始终放不下的还是那串号码，储物柜……里面会放着什么呢？

命运的齿轮总在不知不觉中转动着。每转动一圈，人们还来不及看清楚周遭发生的变化，便被命运的齿轮带上了新的旅途。

人生就是这样不停轮回着。

CHAPTER 10

第十章

TEARS OF DARK INFECTION

I have been looking for someone to shed some light

Not just somebody just to get me through the night

I could use some direction

And I am open to your suggestions

All I want to do is find a way back into love

I can not make it through without a way back into love

And if I open my heart again

I guess I am hoping you will be there for me in the end

There are moments when I do not know if it is real

Or if anybody feels the way I feel

I need inspiration

Not just another negotiation

All I want to do is find a way back into love

SERIES OF DARK INFECTION

夜幕深沉，像一块巨大的黑曜石，把所有秘密都笼罩在其中。安哲一的车在马路上飞驰着，他不似宁浩那般狂野，背影却格外寥落。他不确定蓝琦到底发生了什么事情，但凭着直觉，一定是有事情发生了。她的声音听起来竟然有些颤抖。

是什么？到底是什么？

到了这种时候，还能有什么更糟糕的事情发生吗？这座城市终究隐藏了太多的秘密，他不知道自己还能在这熟悉的街道上飞驰多久，自己正被卷入什么，只是……这一切就像一部早就创作好的剧本，而他早已注定是里面的一颗棋子……

车子在楼下停稳。

安哲一抬头，却不见十七楼的窗口有任何亮光。这又让他的心收紧了。蓝琦在

CHAPTER 10 第十章

电话里并没有说什么，她语无伦次，只是一个劲地让他快点儿来，可现在他来了，为什么只见满室的漆黑？

电梯显得比往日要慢，想必只是心理作用。

叮咚，电梯门一开，安哲一疾步走出去，按了门铃却很久不见有人来开门。他不敢太张扬，毕竟已经是深夜，这一层住着其他住户，惊动了谁都不好。于是他想了想，将头凑到门边，压低了声音唤了一句："蓝琦，是我。你在吗？"

里面仍然一片安静，像是根本没有人在，安哲一得不到任何回应。他掏出手机，拨打了蓝琦的号码，很快接通了，竟然有微弱的铃声从门里传来。手机似乎被放在客厅里。

手机在？那么人……

蓝琦不是粗心大意的人，特别是刚刚她那么焦急地催促他快一点儿过来，现在又怎么可能独自出去呢？莫非真的有什么意想不到的事情发生？不对！不对！这一切都太不寻常了！

"蓝琦，你在吗？是我！安哲一！"

索性也不去考虑什么邻居了，安哲一将声音提高了，并用力按下了门铃。几分钟之后，门终于打开了。

蓝琦站在门口，她的身后一片黑暗。借着楼道里微弱的光，安哲一看到了她红肿的眼睛，虽然仍旧化着浓艳的妆，面色却透着惨淡的白。她站在那儿，一动不动，浑身都湿了，卷曲而性感的头发此刻还有水滴滑落。

"天哪！你疯了！"

安哲一一把将她推了进去，顺手将门关上，一边摸索着打开客厅里的灯，一边询问道：“毛巾在哪儿？”

蓝琦不说话，愣愣地站在原地。这不像她。

安哲一冲进浴室，发现地上蔓延着水。浴缸上的花洒还在喷着水，整个浴缸都满了，水从里面溢出来，浴室快成游泳池了。他暗骂了一声，将龙头关上，又将浴缸里的水放掉。至于那潮湿的地面，让它见鬼去吧！

“别告诉我，你不知道洗澡要脱掉衣服！”安哲一胡乱抓了一条浴巾，回到客厅的时候，看见蓝琦仍旧面无表情。他将浴巾丢给她，她没有反应，浴巾掉在地上。安哲一有些生气了，他没理由站在这儿忍受这些。要知道眼前的这个有些疯的女人是宁浩的表姐，她已经是二十几岁的人了，却还是不懂得照顾自己，并且背负着深深的仇恨，甚至无端地把他也牵连进来，包括宁浩也是这样，这对姐弟到底要做什么？

安哲一将浴巾扣在蓝琦的头上，一把将她按到客厅的沙发上。他站在她对面，却没有弯下身子。

“如果你打算一直这样沉默下去，我可不奉陪了。就算天塌下来，我也要回去睡觉了。要知道，我没义务陪你一起在这儿发神经。”说完，他转身大步朝门口走去。

“他来了。”

“什么？”

安哲一停下脚步，转过身。

蓝琦红肿而木然的眼睛里终于有了一丝神采，虽然目光仍旧显得涣散，可这样总好过刚才那种木乃伊似的状态。她仰起脸，惨白的脸上流露着恐惧，随即泪水决堤一般倾泻而出。她无法抑制地哽咽着。

“嘿！现在不是打哑谜的时候。”安哲一摊开双手，觉得莫名其妙，可他已经不打算离开了。面对痛苦不已的蓝琦，他的内心还是柔软了下来。不管对方是二十岁抑或是三十岁，就算是位老奶奶在他面前流眼泪，安哲一都无法置之不理。

他走到她跟前，蹲下身子，用修长的手将浴巾从她头上拿下来，轻叹一口气，目光中满是柔和和不解。

“到底是怎么回事？你慢慢讲，说清楚。不然我帮不了你。”

蓝琦涣散的目光渐渐有了焦点。她望着他，情绪却仍然不可抑制。这事，似乎有点儿超出安哲一的理解。在他的印象中，蓝琦是个出奇坚强的女子。有时他会觉得她像金属一般冰冷坚硬，仿佛根本不会有什么事情可以伤害到她，但有时他又会觉得，她十分情绪化，完全让人难以捉摸。

“他来了！他来了！”蓝琦突然双手抓住安哲一的手臂，抓得十分用力，仿佛指甲都要掐进他的肉里。他在她的眼里清楚地捕捉到了叫做“惊恐”的情绪。

“他？”安哲一试着挣扎了一下，却发现蓝琦抓得格外结实，“到底是谁？”

“他！”蓝琦的声音里夹杂着一丝颤抖。

又轻又薄的纱帘上倒映出摇晃的影子，不知道是树木还是对面楼上的什么物体，总之那影子扭曲得厉害，在客厅昏暗的灯光照射下，映衬着蓝琦紧张慌乱的脸庞，气氛让安哲一有些窒息。

他？莫非是……他似乎听宁浩提起过。在他们这对表姐弟的生命中，曾经共同出现过的那个人——曾经带给他们一些可怕回忆的人，在他们年幼的心灵上留下了根本无法泯灭的画面。如果安哲一没有记错，在认识宁浩之后的很长一段时间里，他都很忌讳提起关于童年的一些事情。后来在一个喝醉酒的夜晚，安哲一听到了整个故事的缘由。那可能不能算是一个故事，应该算一个“事件”，并且是很糟糕、很可怕的事件。

只是他以为那是已经完全终结了的事件。

如果蓝琦口中的那个他，真的和安哲一知道的是同一个人，那么……这实在太疯狂了。

蓝琦将头深深地埋进安哲一的怀里，崩溃一样地流着眼泪。

她说：“我们得走！必须走……”

安哲一掏出手机，再次拨打宁浩的电话。可是对方一直没有回应。在这个冰冷的夜晚，谁都不知道那个寂寞的身影到底在哪儿。

“联系不到他。”

蓝琦还在抽噎着。忽然她抬起头，满是泪水的脸迎上安哲一有些局促慌乱的眼神：“不等了。天一亮，我就要走。”

“别说傻话了！你能去哪儿？”

“什么地方都好！任何地方！”蓝琦站起身的时候差点儿被自己绊倒，这时她才发现，原来自己浑身都在颤抖，腿早已麻木得没有一点儿力气，她踉跄着站起来，一路跌跌撞撞地走进房间，“你不用帮我收拾东西，我的行李很少。你也不能阻止我，因为我根本没办法独自面对他。我要走！你懂得的！我必须走！”

“该死！”安哲一一拳打在茶几上，幸好玻璃没有碎，他焦急烦躁地说，“那浑蛋跑去哪儿了！即使要走，也得带上他。如果留下他一个人，那更加危险。”

“你去找他！现在！”蓝琦在里面的房间里喊着。流泪发泄之后，她似乎已经恢复了清醒状态，脑子也已经完全可以思考了。只可惜她思考到最后的解决方法就是逃走，并且是在完全联系不到宁浩的状态下逃走。

安哲一刚想开门出去，蓝琦从卧室里探出半个身子，说："如果天亮还找不到他，我必须离开，一刻都不能等。还有——你！"

"我？"

"是的。"蓝琦的表情完全不像在开玩笑。

安哲一的心"咯噔"一下，像是被什么东西猛地撞了一下。他知道她要做什么，面前这个女子恐怕注定要将他的生活完全颠覆。

如果所有的故事只看那惨淡的结局，就不必拥有中途的轰轰烈烈。或许我们要的只是那一瞬间的美好，然后会怎么样，谁知道……

窗外开始露出点点晨曦。

泪水早已枯竭，剩下的只有疲惫。然而展晴雯知道，这不是结束，而是刚刚开始。如果以为她这样就认输了，那么宁浩未免太小看她了。

想到这儿，她走进卫生间，将水龙头打开，用冰冷的水洗了一把脸，这才觉得人稍稍有了精神。算了！反正再拨打那个号码，也不会有人接听。她很了解宁浩，那个家伙在发脾气闹别扭的时候，是绝对不会妥协的，但是自己是大名鼎鼎的展家大小姐，什么时候沦落到被他戏耍的地步？他真的把她当成呼之即来挥之则去的出气筒了吗？他们之间从头到尾又算什么？

可恶！绝对不能原谅他！

展晴雯掏出手机，瘫坐在马桶上。她修长的手指轻点在键盘上发出清脆的声响。屏幕上显示的数字却不是宁浩的号码。

很快，对面传来模糊的声音，显然声音的主人前一秒钟还在熟睡。

“那件事我决定了。”

“嗯？”对方的脑子还停留在朦胧的状态，显然没有在认真听展晴雯讲话。

“我说，我已经决定了。你给医生打电话吧，我不会去做手术。帮我取消。”

“什么！”这下声音的主人彻底清醒了，接着“啪”地一下，对方点燃了烟，“晴雯，你想好了，这不是意气用事的时候。你这样做，想过你那慈禧老佛爷一样的妈了吗？她怎么可能还让你留在展家。”

展晴雯觉得一阵恶心，赶紧蹲下身子朝马桶干呕了几声，却什么都没吐出来。这感觉让她难受极了。

“喂，你在听我讲话吗？”电话里的男声催促道。

展晴雯故作镇静，提高了声音喊道：“我说通知医生，你照做就是！”她紧闭着眼睛，背靠着冰冷的瓷砖。这样做的结果她再清楚不过了，但是到了这一步，她要让宁浩后悔今天对她所做的一切，包括他对她说的每一个字。必要的时候，一拍两散又有什么关系？反正自己早就受伤了。

电话那头只剩下沉默。这沉默让展晴雯有些窒息。

对方终于很认真地问道：“确定这样回复医生？”

“啰唆！”

展晴雯“啪”的一声将电话挂断。在挂断电话的一瞬间，泪水潸然而下。

CHAPTER 10 第十章

清晨的阳光有些刺眼。桃子觉得整个晚上都没有睡好，总隐约听到有些声响。可是自己回来的时候，偌大的房子里除了寥寥几个用人，展家的人全都不在。他们好像商量好了似的，玩起了“集体失踪”。这总让她觉得不太踏实。是谁在半夜回来了吗？或者只是自己太担心，所以产生了幻觉。不管是哪一种情况，都让她感到不太舒服。

桃子简单梳洗了一下，从楼上走下来的时候，看到熟悉的身影坐在客厅里。至少那白色的身影让桃子不至于太紧张。如果一下楼先看到展静那位“慈禧老佛爷”，桃子会消化不良。她不畏惧展静夫妇，但是能明显感觉到对方对自己充满了敌意。在展家，逃不能逃，接受又无法心安理得，于是那种矛盾的心情始终折磨着桃子。特别是最近整个展家的气氛都压抑而沉闷，还夹杂着一触即发的紧张。凭着直觉，桃子认为一定发生了什么事情。至少现在离自己不到五米的展千羽已经没有了往日的神采，除了“失魂落魄”这个词可以形容之外，桃子找不到其他更适合的字眼。

他到底怎么了？

这个疑问清晰地出现在桃子的脑海中。在展家，展千羽是最容易亲近的，但是他少言寡语，似乎有着太多无法诉说的秘密。桃子认为自己离他太远，可能无法走进他的世界。可眼下，她无法对他熟视无睹，特别是她还是第一次看到如此没有生气的他。在进展家的这段时间里，她从未见过展千羽如此模样。

“你还好吧？”走到客厅内，桃子犹豫了一下，还是在展千羽对面坐下。

落地窗的窗帘已经被用人拉开了，清晨的阳光有种暖洋洋的亲切感。只是那微弱的温暖无法融化一颗冰冷的心。

展千羽漆黑的眸子里没有任何情绪，仿佛沉寂了千年的寒潭，根本无法捕捉到一丝生机。他原本就白皙的脸此时更是如一张白纸一般。浓密的睫毛一动不动，似乎很沉重。就连挺直的鼻子都显得格外寂寥。他紧闭薄唇，呆呆地凝视着空无一物的茶几。

桃子隐约觉察出了什么，再次轻声询问道：“你……还好吧？”

展千羽像一具被掏空了灵魂的躯壳，一动不动，毫无反应。

“生病了？”

他是生病了，一种很痛、几乎可以致命的心病。只是能够治愈这种病的药却不知道在哪里。于是展千羽自嘲般地微笑了。

那笑格外惨淡，像一株在风雨中摇曳的百合，凄美而无奈。

“有什么我可以帮忙的吗？”桃子原就没和他有过太多接触，但是总觉得在这个偌大而冰冷的家里，如果还可以找人交谈，那么她宁可选择展千羽。他可能不会承认她这个妹妹，严格说起来，他们没有一点儿亲情。可毕竟在这里，展千羽是唯一对她没有敌意的人。而且现在看来，他的样子真的很令人担心。于是桃子的心一下子柔软起来。

她甚至稍稍向前探了一下身子，再次试探着问：“你哪里不舒服，我还是陪你去医院看看吧。说实话，你的脸色太难看了。”

“我觉得我的整个人生都很难看。”展千羽突然抬起头，空洞的眸子映出桃子白皙的脸庞。他说这话的时候，桃子明显一愣。

展千羽却似乎想到了什么：“为什么我的人生就要被人操纵摆弄？就因为他们生下了我？给了我一条难看的生命？”

桃子一下子没有完全明白他的话，于是愣愣地说了句：“你长得已经很完美了，还想怎样？”

虽然她一直觉得安哲一才是英俊的人，但不可否认的是，在见到展千羽之后，桃子认为这个陌生的哥哥真是无懈可击的完美，当然这只是一种纯粹的欣赏。美好的事物都应该被大家欣赏，包括那些长得赏心悦目的人，他们的美貌本身就是一道风景。

不过在说完这句话的三秒钟之后，桃子后悔了。她觉得自己在这种时候不该傻傻地说些无关紧要的话。并且她深深地感觉到，展千羽所指的当然不是那被众多人追捧欣赏的外表。她觉得他不是一个高调的人，似乎也从来没有在乎过这些。

“对不起。”桃子有些懊恼自己的愚笨，为什么就不能轻声细语地安慰他几句，连问题的关键都抓不住，这样的自己和安哲一在一起，是否会成为他可怕的累赘呢？不过安哲一似乎不喜欢说太深奥的话，她总是可以听懂。

“没什么。”展千羽摆摆手，站起身来，“我没事，你可以去做自己的事情了。”

“我也没什么可忙的。”桃子慌乱地跟着站起来，“你确定自己没问题吗？你看起来状况并不好。”

“我没生病。只是有点儿累。”

“那你快点儿上楼去休息。”

展千羽却径直朝大门口走去，背影颀长而挺拔，只是显得格外疲惫。

桃子喊道："你要去哪儿？"

"去做我应该做的事。"

"你……"桃子的话还没有说完，展千羽已经推门走了出去。

应该做的事？现在这个时间她是应该去学校的，但是看着展千羽这个样子，她无论如何也没办法心安理得地去学校。而且现在的她有很多担心的事，展晴雯到哪里去了？昨天到底发生了什么事情？而安哲一又是接到了谁的电话，后来去了哪里？带着这些疑问，她怎么能好好儿地听老师讲课呢？

桃子一咬牙，几步追了出去。

展千羽像在赛车一样，纯白的雪佛兰轿车在马路上车辆的空隙中穿过。在清晨上班高峰期，车速几乎达到了八十码。他不想活了是不是！桃子更加肯定了自己的猜测，一定发生了什么事！而且绝对是不好的事！不然这个家伙不会被刺激成这个样子，几乎不管不顾，连闯了红灯都不知道。

人都是有好奇心的，越是这样，桃子越是想跟着他，想知道到底发生了什么。

"司机师傅，再快一点儿，不然要跟丢了。"桃子急得满头大汗。可是路面上实在拥挤，特别是这个时间，上班和上学的人都很多。

司机一脸为难，明显有些不悦："小姑娘，做我们这行的还是安全第一。我可不想为了赚你的钱，把性命丢掉，而且我也要为你的安全负责。你看看前面那车多危险，他这样开车迟早要出事的。”

桃子尴尬地笑了笑：“他平时不是这样开车的，今天情况特殊。”

“越是遇到事，越是应该临危不乱。年轻人，你们就是缺少这个。”

“是是是。司机师傅，您说的我都记下了，您还是专心跟住他吧。”桃子忙不迭地说，突然听到手机传来收到短信的声音。这个时间会是谁呢？桃子赶紧掏出手机。几秒钟之后，她才从惊讶复杂的情绪中回过神来。

是安哲一发来的，很简单的几个字，却让桃子的脑子半天都停止在空白的状态。

“我走了，暂时先不联系。回来之后解释。照顾好自己。”

这……这是什么状况？桃子彻底被搞糊涂了。昨天那个电话到底是谁打来的？安哲一昨天夜里到底去了哪里？为什么现在他会莫名其妙地要离开？离开……天哪！他要去哪儿？就算要走，为什么连联系都要断掉，他要去做什么？桃子被这一连串的问号弄得要疯掉了，赶紧拨打安哲一的电话，电话里却传来一个声音：“对不起，您拨打的电话已关机……”

桃子一遍又一遍地拨打他的电话，结果是相同的。她急得快要掉眼泪了。就在这个时候，司机一个紧急刹车，桃子的身体猛地一晃，手机“啪”的一声掉在车上。

“前面的车停了。小姑娘，你是在车上等着，还是跟上去。”

桃子这才想起来，自己还在跟着展千羽。她没来得及回答司机的话，一抬头，发现展千羽已经快步下了车，而这会儿他们正在一个小区内，车子停在一座公寓的楼下。桃子迅速掏出钱，看都没看就扔给了司机，因为她看到了熟悉的身影。让她怎么也想不明白的是，为什么安哲一会出现在这儿，并且身边还跟着她？

这个世界一定是疯了！他们两个人居然从楼里走出来，并且还拿着行李箱。这样子太明显了，难道刚刚短信上说的要离开，并不是安哲一一个人离开，而是和这个女人一起离开？桃子走下车的时候，突然觉得阳光有些刺眼，用手去遮挡，头一下子眩晕起来。等她再次睁开眼睛去看，展千羽已经直直地站在蓝琦面前。

她追上去，还未到近前，便听到歇斯底里的声音：“你要去哪儿？”

很好，这话也是自己想问的。

她把目光投向安哲一。

安哲一英俊的脸上没有一丝波澜。虽然他没想到桃子会这么快找到自己，但是既然面对面地碰上了，而且又当着展千羽的面，戏总归是要演下去的。他紧握住行李箱的手一点儿一点儿加重了力量。他不怕做坏人，只是不想在这种时候看到桃子的眼泪。该死的！偏偏对面的家伙已经无法抑制地开始流眼泪。他最怕她难过……都是宁浩那个浑蛋！为什么总是将难以收拾的烂摊子丢过来！如果仅仅是桃子，或许蓝琦会同意将事情的始末讲出来，可展千羽竟然也出现在这儿，凭着对她的了解，这会儿蓝琦是无论如何都不会道出实情的。

蓝琦脸上的苍白已经不见了，她在出门之前洗了脸，简单地化了妆。整个晚上她太过慌乱，太过苍白了。既然现在拿定了主意，她没有必要再手足无措地躲在黑暗里，她必须尽快走掉！虽然找不到宁浩，但是到了安全的地方，她会想方设法通知他的。

“你还来我这儿做什么？”眼底闪过一丝冰冷，蓝琦朝展千羽投去的目光更像是面对敌人。真是个喜欢捣乱的家伙！一切都结束了！真真切切地结束了！剩下的事情，是她自己要去完成的，和眼前这个男人没有任何关系。已经不需要再把他牵扯进来了。原本还想报仇的她，在经历了一连串的折磨之后，这会儿已经放弃了。报仇了又能怎么样？一切都不会回到最初。该走的人还是走了，留下的人仍然悲伤。无法逆转，一切都无法逆转。

展千羽一把抓住蓝琦纤细的手腕，力量极大。他不怕弄疼她，只是不会再放任她从自己眼前消失。

“我来弥补自己之前犯下的错误。”

“弥补？”蓝琦突然微笑起来，那笑容如罂粟花一般，妖艳令人沉醉，只是她的内心深处，带着说不出的痛，“展大少爷，你以为什么事情都可以倒退回去重新再来一次吗？别太天真了。我奉劝你，还是乖乖回去，继续做你的展家少爷，继续做你的乖孩子，等着几年之后继承家族产业，娶个门当户对的豪门小姐，这样的桥段在电视剧里都被演烂了，可这是亘古不变的情节。我们都得屈服。”

她还是那么犀利。每一个字都深深扎进展千羽的心里。他的心鲜血淋漓。

“你说得没错，当初我的确太懦弱，轻易放弃了你，以至于对你造成了无法挽回的伤害。可是现在不同了，并不是每个故事的结局都是一样的！至少现在我愿意试一试，我已经和家里……”

“算了吧！”蓝琦毫不留情地甩掉展千羽的手，“你自己都说是无法挽回的伤害，你现在又来坚持什么呢？”

展千羽再次上前，原本温柔如水的眼神变得坚决、不容抗拒：“如果你真的心如止水，那么又回来找我做什么？”

“报仇！你不明白吗？”蓝琦狠下心肠。

“你说谎！”展千羽猝不及防地上前将蓝琦拥入怀里，任凭对方怎样挣扎都不肯放手，“你从未做过伤害我的事情。你的表情比我还要悲伤，在你的眼睛里我根本看不到仇恨。为什么回来？为什么回来你比任何人都清楚！原谅我……求求你原谅我。这次我一定不会再懦弱，我们一起去找孩子……”

“不要在我面前提孩子！”蓝琦最脆弱的神经被突然触及，她好不容易才堆积起来的坚持就那样在一瞬间完全崩塌。不过她仍然在做着最后的努力，努力不让泪水夺眶而出。

小区内渐渐喧闹起来。这样对视着的两对男女，显然很惹眼。桃子紧闭着双唇，站在离安哲一几步之外的地方。她难以像蓝琦那样泰然自若，说实话，如果可以，她真的很想立刻冲上去，但是有另外的人在，最后理智还是战胜了冲动。

面对一旁相持不下的两个人，安哲一上前将桃子拉到远一点儿的地方。他根本不想听到那两个人到底在吵些什么，也不关心那两个人的事情，虽然之前从宁浩那里有所了解，但是即使不发生那样的事情，他对展家，对展千羽也没有丝毫好感。特别是在桃子莫名其妙地成了展家人之后，他对这些更是深恶痛绝。很多事情都被改变了，并且在不知不觉的情况下被改变。而他们这些人，竟然只能无奈地接受，毫无反抗之力。难道这就是所谓的“命运”吗？

清晨的阳光不再明媚。在如此的时节里，温暖总是特别容易散去。高大的公寓在地面上投射下巨大的阴影，将安哲一和桃子的身影完全笼罩了起来。

他们站在隐蔽的角落里，尽量远离蓝琦与展千羽。

桃子终于开口，声音颤抖：“昨天……你和她在一起？”

“嗯。”安哲一轻轻点头，现在怎么解释也没有用了，况且有些事情根本无法解释，自己毕竟成了这个事件中的一分子。要怎么撇清关系呢？与其不负责任地逃避，还不如勇敢地承担。现在宁浩不知所终，作为他最好的朋友，他有义务照顾蓝琦。

“这已经不是第一次了！”桃子终于忍无可忍地发作，“上次我就撞到过你们……”

“那件事情是误会，不是已经弄清楚了吗？”

“那么现在呢？这件事你又要怎么解释？”

安哲一冰冷的手指再次收紧了，这次他不打算解释什么了。

“我无话可说。”

“什么！”桃子简直不敢相信自己的耳朵，这是一向对自己温柔呵护的安哲一说出的话吗？以前不管发生什么事，即使桃子无理取闹，安哲一都会耐着性子哄她，逗她开心，从来没有凶过她，更别说做任何一件出格的事情了。可是现在事实就摆在眼前，桃子觉得自己一定是在做梦，于是狠狠地在手上掐了一下。白皙的皮肤上立刻出现了红色的痕迹，真疼啊！

她的眼泪哗地一下落了下来。

“小一，你骗人！你怎么可以这样对我？”桃子用力抹着自己的泪水，却怎么也抹不干净。她越是用力，眼泪就越是像断了线的珠子，一颗接着一颗滚落下来。整张脸瞬间被泪水覆盖了。

“喂！别哭啊。”安哲一的喉咙一阵阵发紧，心里仿佛被千斤重的巨石狠狠地压着，他快要窒息了，可是……他什么都不能说。他必须狠下心肠，就这样一直坚持下去。

他想像每次一样，伸出修长的手指在桃子的脑门上轻轻弹一下，告诉她，哭鼻子就不好看了；想像每次她撒娇任性时一样，耐着性子做个鬼脸逗她开心。阳光照在不远处的地面上，他看到自己的影子早已扭曲得不像样子了。

最后安哲一居然大笑起来：“喂，你已经不是以前的那个桃子了。你现在姓展，你是展家的人，看看你们展家一贯的作风，你应该好好学习一下。再说，为了我这样的人值得吗？桃子，你哭起来的样子丑极了。我最讨厌看到你哭，你就只会哭。不管发生什么事情，你根本没办法一个人面对，每次都是我为你善后。有困难了找我，有问题了也找我，现在你找到了更有力的靠山，你已经不需要我了，快点儿走吧！”

桃子的心一下子就碎了，一片一片，根本无法拼凑出原来的样子，她似乎能清楚地听到心破碎的声音。

“不是你说的那样！根本就不是！我从来……从来就没把你当成什么靠山！你怎么可以这样说？我没有！我没有！”桃子歇斯底里地喊道，声音里夹杂着呜咽。

“好吧。随便你怎么想。”安哲一转过身，下一秒，他不知道自己是否还能坚持下去。或许不见到她的眼泪，自己的心也不必那么痛，可是为什么仍然无法呼吸，仿佛整个世界都陷入了黑暗。好过分！自己竟然说了如此过分的话。

“就算以后有机会解释清楚一切，曾经那么深深地伤害过你，你也不会原谅我了吧？”安哲一在心里默默地说完这句话，大步向蓝琦的方向走去。

CHAPTER 10 第十章

“你回来！我不让你走！”背后传来桃子撕心裂肺的呼喊声。

安哲一始终没有停下脚步，可谁也看不到他颤抖的指尖以及那即将迸裂的心脏。

“你要去哪儿……”最后桃子蹲了下来，声音小得连自己都听不到。她不愿意再朝那个方向多看一眼。

她知道，就算2012没有来临，她的世界也已经遭遇了末日。

“解决完了？”蓝琦转头，看着走到她跟前的安哲一。

“嗯。”安哲一不经意地往展千羽的脸上扫了一眼，那张脸的确英俊无比，只可惜他生在了展家，注定要承受这些。

展千羽的脸色阴沉得厉害，他还想说些什么。只是蓝琦的表现已经再明显不过了，她要跟这个小子一起走，不管去哪儿，他们拎着行李箱，相互之间仿佛有着不能言说的东西。什么时候？什么时候蓝琦的生命中有了其他人介入？难道真的像她所说的那样，他们已经不可能再在一起了？难道一切真的就这样结束了？

“不！”展千羽再次上前抓住蓝琦的手臂，可后面的话还没来得及说，安哲一便一拳挥了过来，那拳头让他措手不及。谁也没有想到，在前一秒还拎着行李箱的他，后一秒就将箱子扔在地上，整个人扑了过来，那种爆发像是故意在发泄着什么。

安哲一才不管站在自己对面的人是谁。他只知道，是这个家伙将桃子带到了这里，是他让桃子提前受到了伤害。如果不是展千羽追到这儿，桃子或许看不到这一幕，他也就不必狠下心肠说那些伤人的话，可不管怎么样，自己的情绪已经到了崩溃的边缘。此时此刻，他需要发泄，向谁发泄都好，再这样压抑下去，或许等不到离开，安哲一就已经先控制不住了。

这场戏，实在难以演下去。不管是哪一方，都被折磨着。那些不能言说的伤痛，只能默默忍受。他们全都需要发泄。

展千羽踉跄了一下，很快稳住重心，一边支撑起身子，一边看准安哲一的动作，猝不及防一拳打在他左边的眼角上。这一拳下手很重，安哲一的眼角立刻呈现出了淤青，而他整个人也因为失去重心向后倒去。

“不要打了！”蓝琦上前挡在安哲一面前，伸开双臂将两个人隔开。

“你就是为了他才甘愿放下之前的一切？包括……孩子？”展千羽的嘴唇泛着苍白的颜色，他指向安哲一的手甚至微微颤抖着。

蓝琦望了不远处的桃子一眼，目光中流露着复杂的情绪。她朝面前的人投去冷冷的目光，谁都无法察觉那晶莹眸子中的湿润。

“既然你都看到了，就赶快走吧。我们还有事情，再磨蹭下去，你只会自讨没趣。”说罢她伸手将安哲一扶起来，目光丝毫不在展千羽身上停留，她一边拎起丢在地上的行李箱，一边对安哲一说，“我们走吧，不要再为了无聊的人耽搁时间了。”

是啊，他们已经没有多少时间可以浪费了。也许“他”就在附近，随时会冲出来，中断蓝琦好不容易才恢复的平静生活。那些年的事，就像一场可怕的浩劫，在她的生命里留下了不可磨灭的印记。

安哲一胡乱抹去嘴角的血渍，接过蓝琦手里的行李箱。多余的话他已经没有力气说了，现在最好的办法就是赶快离开这个鬼地方，不要再出任何麻烦。

“你真的要走？”蓝琦的脚步显得决绝，可她与展千羽擦肩而过的时候，对方还是忍不住问道，“不后悔？”

“你不觉得认识你，才是我已经过去的二十一年人生里，最值得后悔的一件事情吗？”说完蓝琦挽起安哲一的手臂，头也不回地走出小区。

阳光洒遍整座城市，在神情冷漠的行人中间肆意游走。此时此刻，在这个陌生而安静的小区内，注定有四个人告别彼此。

他们年轻的灵魂或许过早地承受了世事的考验，他们原本脆弱而敏感的神经在一次又一次的别离中渐渐麻木。也许命运终究改变了他们，但或许他们从来都不曾与命运抗衡过。

这便是人生。

所有悲喜哀乐的不断轮回。

白色的雪佛兰轿车犹如一只发怒的白色狮子奔驰在公路上。桃子顾不上眩晕，只是下意识地用手抓住车门上方的扶手。尽管系着安全带，可桃子的身体仍然剧烈地晃动着。她并不觉得恐惧，只是麻木地看着前方。眼泪已经枯竭了，现在她只觉得眼睛里面干涩难受，再也没有了液体。麻木到了极点，恐怕就只有恍然如梦的不真实感。桃子甚至有一种错觉，刚刚只是自己做了一个梦。安哲一一会儿就会打来电话，问她今天下午有几节课，放学之后要不要去他打工的地方见面。

她这样想着，或许这样想，心里就会有莫名的温暖。

随着展千羽狠踩了一脚油门，车速已经超过了一百二十码，公路上的其他车不停地被他们超过。有几个好事之徒还以为雪佛兰轿车的主人是“飞车党”，大白天就敢这样公然挑衅，于是几辆车一起跟了上来。展千羽哪里管这些，继续用自己的方式宣泄着即将爆炸的情绪。他棱角分明的脸庞上看不到任何表情，漆黑的眸子里却满是无法抑制的愤怒。为什么会这样？为什么老天一次又一次地和他开着这种残忍的玩笑？难道他的人生本身就是一出闹剧吗？在落幕的那一刻，只能自己一个人舔舐伤口，黯然神伤？

在车速达到一百四十码的时候，桃子觉得胃里一阵难受。她闭上眼睛，脑海中像播放着泛黄的老电影，画面中满是安哲一微笑着的俊朗面容。他的一颦一笑，一举一动，每一个小小的变化都仿佛是一幅美丽的画卷，时刻提醒着桃子过去与他之间发生的所有事情。就在昨天，她还在小屋里安静地等待着安哲一打工归来；在月光下，他修长的手指轻轻拂过她闪烁着丝绸一样光泽的发丝；他湿润的嘴唇在她光洁饱满的额头上留下深情的痕迹……那些似乎在前一秒钟才发生过。为什么一夜之间，世界就彻底颠覆了？

不信！桃子根本无法相信这些！

就在刚才展千羽像拖一个木偶一样将她拖上车的时候，桃子还以为安哲一很快就会回来，然后一如既往微笑着对她说：“傻瓜！我在和你开玩笑呢！”

可是……即使这是一场玩笑，也终究伤透了她的心。

展千羽一脚踩下刹车，轮胎与地面摩擦发出刺耳的声音。桃子的身体猛地向前倾，然后喉咙里一阵发紧，最后还是没能忍住，呕吐起来。

“对不起。”她胡乱擦着嘴角的秽物，一边寻找可以擦拭的东西。

展千羽从后视镜里看到后面追赶上来的几辆车，对桃子说：“坐在这儿别动，不管发生什么事情都别下车，把车门锁紧。”

说完还没等桃子明白过来，他便独自走了下去。桃子赶紧从里面将车门锁上，回过头去看的时候，那几辆车已经停在了不远处。几个穿着前卫的男女先后从车里走下来，年龄最大的看起来也不过二十岁左右，有两个女孩子穿得十分火辣，非常年轻，似乎还是高中生，举止却很张扬放肆，丝毫没有学生的样子，俨然一副“小太妹”的模样。见到展千羽，其中一个还“花痴”般吹了一声口哨，但很快被旁边的男友推了一把。女生明显不悦，用手打了他一下表示抗议。这样的一群人，摆明了是一群“刺头”。展千羽要做什么？

桃子突然有了不好的感觉。刚刚一路上桃子只顾着难过，根本没有在意车外发生了什么。这时候情绪稍稍冷静下来，她才发现，原来那几辆车一路跟着，看来是故意要挑衅滋事。展千羽不会是想会一会他们吧？天哪！他一个人？

也许在小区里发生的事情让展千羽和桃子都成了受害者，莫名其妙地就拉近了两个人的关系。进入展家之后，虽然展千羽对桃子一直没有任何敌意，并且他是展家唯一一个肯无条件为她讲话的人，但桃子仍然不觉得他是自己的亲人。不过此时此刻，她是真的觉得有一个这样的哥哥其实也很不错，至少在自己难过得快要死掉的时候，身边还有个人记得将自己带走。这会儿在他受过刺激情绪不稳的情况下，桃子是真的担心他了。

桃子在车里拼命捶了几下车窗。当然她不觉得自己这样做会起到什么作用，只是她还是希望展千羽可以回来。然而她心里抱着的小小希望也破灭了，展千羽根本没有停下脚步的意思，继续向前走。很快，他与他们的距离只有一步之遥。

桃子听不太清楚那些人都说了些什么。车子之间有十几米的距离，车窗又严严实实地封闭着。她扭转身子，努力去听，可还是只隐约听见其中几个男生的咒骂声。展千羽似乎自始至终都没有开口，他沉默着，一动不动任凭那几个人推搡着他。

等等！不对！这样的气氛完全不对！桃子突然打了一个寒战。她似乎觉察到，展千羽并不是想与他们大打出手，并不是要发泄自己刚刚的怒气，他……放弃了，彻底放弃了自己！那洁白的身影仿佛根本没有灵魂，也丝毫感觉不到生机。他英俊的脸上没有任何表情，喜怒哀乐完全看不出来，麻木得令人害怕。他不躲避，也不反击，直到对方被完全激怒了，开始动手狠命攻击他，展千羽仍然一动不动。他……难道一心求死？

“住手！你们住手！”桃子来不及多想，赶紧打开车门，由于太慌乱，跑下去的时候险些摔倒。

可是……可是这个家伙怎么可以这么轻易就放弃生命呢？难道只是为了蓝琦吗？虽然在自己看来，失去安哲一也很痛苦，甚至觉得也有一种快要死去的感觉，然而她是不会轻易放弃生命的！

“你们快点儿住手！”桃子几步飞奔而至。那几个不良少年还在意犹未尽地殴打展千羽。原本还觉得十分有意思的两个女生这会儿也安静下来了。她们起初还以为这样英俊帅气的男生敢一个人走上前来，肯定深藏不露，没想到，他不仅连话都不说，甚至挨打都不还手，仿佛身体根本不是他的，任何疼痛感都没有了。

是啊，只有桃子知道，此时此刻的她以及展千羽已经感觉不到身体上的疼了。有什么疼，会比心被狠命地伤过还要痛？她们不会明白，也不配明白这些！

“哟！我说刚才怎么开这么快呢！原来车上还坐着小妹妹呢！想逞英雄啊！”其中一个黄色头发的男生首先停手。

桃子冲上去，顾不上危险，动手将其他的几个人都拨开，用自己的身体挡住展千羽。此刻的展千羽脸上身上全都有伤，可是他苍白的脸上仍然没有多余的神情。见桃子跑过来，他睁开眼睛对她说：“回去！”说完忍不住咳了一下，嘴里竟然全都是血。

糟糕！他该不会是受了严重的内伤吧？这些家伙下手没轻没重的，凑巧伤到要害也是有可能的。

桃子再也不想懦弱得只会被人保护了。她对那群男女低吼道：“你们打够了吗？打够了就快点儿滚开!”

“野丫头，嘴巴还挺厉害的！”之前冲展千羽吹口哨的那个女生被惹火了，上前一步就想扇桃子的耳光。

谁知道桃子一把抓住了她的手腕，用尽力气向旁边一甩。那女生显然没有料到桃子还敢反抗，一点儿准备也没有，一个踉跄，险些跌倒，幸亏被她旁边的男生一把拉住。

“浑蛋！”随即她恼羞成怒起来，将手里的包使劲扔在地上，像头发狂的母狮子一般冲了过来。

女孩子打架顶多就只有那几个招式，不是揪住对方的头发不放，就是用指甲袭击脸部，反正可以抓的地方都会抓。桃子自小在孤儿院长大，虽然大家相互还算礼让，但也有不好相处的人，所以也没有少动手打架。后来有了安哲一的庇护，这才没有人再欺负她。桃子真恨自己这会儿又想起那些难过的事情。好像只要一走神，满脑子就全是与安哲一有关的画面。桃子咬紧了嘴唇，在心里默默告诉自己，现在再也没有人可以帮自己了，她只能依靠自己！于是拼尽全力和那女孩扭打在一起。

“真想好了啊？”谢奎嘴里叼着烟，一只手握着方向盘，另外一只手不正经地抓住展晴雯的手腕。

“拿开！”展晴雯厌恶地说了一句，“别以为这样我就接受你了。我和你是不可能的。”

谢奎微微一笑。烟灰掉在腿上，他似乎并不在意，像是完全没有觉察到，继续玩世不恭地开着车。车速不快，格外平稳。对展晴雯的话，他也一副完全不放在心上的样子，仿佛早就习惯了。

过了几秒钟，他笑道：“展大小姐，你总是在有需要的时候找我，真的把我当用人了？”

“怎么？后悔了？”展晴雯似笑非笑。

“有什么好后悔的。”

“我可没勉强你。”

谢奎将没抽完的烟掐灭，随即用迅雷不及掩耳的速度抓起展晴雯的手，狠狠在她手背上亲了一口。

“我警告你，不要太过分！”展晴雯用力抽回自己的手，抽出纸巾拼命擦着刚才被亲过的地方，“我根本就不喜欢你！如果你还有其他的想法，那趁早让我下车。”

“是你先找我的。”

展晴雯不屑道：“那又怎样？”

“所以你多少要付出点儿代价。刚刚就算你感谢我为你做了这么多事吧。还有……”谢奎停顿了一下，突然收起了脸上原本不太正经的笑容，变得异常认真。他不英俊，由于年龄的缘故，多少显得成熟。毕竟已经是二十四岁的人了，不再是学校里捧着书本的学生。其实严格说起来，他也不知道自己为什么会对这样一个刁蛮任性的小女孩感兴趣。不过有一点可以肯定，这和展家没关系，不管她是谁，就算仅仅是路边的一个卖花女他也不在乎。当然如果展晴雯是卖花女，她也不至于有如此暴躁野蛮的性格，或许他们也就擦肩而过了吧。

展晴雯微微侧头，这才发现谢奎的表情有些奇怪，于是耐着性子问：“还有什么？”

“还有……”谢奎突然一脚将刹车踩到底，车子骤然停止。展晴雯还没明白过来是怎么回事，坐在驾驶座位上的谢奎便一手掐住了她的脖子，将脸逼近她。

他与她几乎鼻子顶着鼻子。

谢奎脸上挂着坏坏的笑容，他并不英俊，可以说是长相极为普通的人，可他聪明，聪明得周遭的人在想什么，他全都知道。以至于展晴雯在他面前很难隐藏心思。

他对她十分认真地说：“小贼猫，我告诉过你，除非我愿意，不然别人休想把我当用人一样使唤。这会儿我心甘情愿替你做事情，不过你可别真的以为我就是你的用人了。小心哪天我翻了脸，第一个就对付你。”

展晴雯的脖子被掐得生疼，整个人不得不面对他。她努力挣扎了两下，可无济于事。

谢奎若有所思地问：“展大小姐，听明白了？”

尽管满肚子怨气，可在这种情况之下，展晴雯再执拗也没有任何好处。为了不自讨苦吃，她只得勉强应了一声。

谢奎松开手，并没有马上发动车子。

展晴雯没好气地揉着被他掐疼的地方，赌气似的踹了一下车，吼道：“还不开车等雷劈呢！”

“等你看清楚了再说。”谢奎又点上一支烟，将他那边的车窗降下去，伸手指了指前面不远处，“你们展家的人也会被打成那副驴样？”

展晴雯瞪大了眼睛：“哥！”随即又看到桃子跟一个女生扭打在一起，更是惊讶万分，“他们两个人怎么会在一起？真会添麻烦！”说完咒骂了一句，掏出手机看了看时间，还好，离飞机起飞还有一段时间。

“怎么样啊？”谢奎大口吸了一口烟，“走还是不走？”

展晴雯踹了他一脚，怒道：“走什么走啊！赶紧救人！照这么打下去，我那个白痴哥哥就残废了！”说完刚想打开车门走出去，便被谢奎一把拦了下来。

“你坐着。这几个人还不够我热身的呢。用得着你吗？”他依旧一副坏坏的样子，指了指展晴雯，“稳当点儿。你已经够不靠谱了。”

“滚！”

谢奎满不在乎地笑了一声，推开车门走出去，猛吸了一口烟，然后将烟蒂丢在地上，踩了一脚，冲着前面的一群人嚷道："喂，住手！"

和桃子扭打在一起的女孩子闻声一愣，袖手旁观的一群人也被这突如其来的声音吸引了注意力。

谢奎迈着悠闲的步子走过去，脸上始终带着从容不迫的笑容，像去参加什么轻松搞笑的游戏，让人完全感觉不到紧迫感。要知道，在这车辆飞驰的公路上随时暗藏着杀机。并且对方有五六个人，而他只是单枪匹马地来救人。可他仍然是那副表情，自始至终没有任何变化。

黄毛小子一瞪眼，伸手搂过自己的女朋友，俨然是想逞英雄表现一把。

"从哪儿又冒出来一个不怕死的！"黄毛小子说完又踹了一脚倒在地上的展千羽，"你认识这个半死不活的家伙？"

"一群孩子不好好儿在学校里念书，跑到外面来惹是生非。看来今天我要替你们的父母好好教训一下你们了。"谢奎边说边把外套脱下来丢在一边，顺便还将自己崭新的湛蓝色衬衣的袖子小心翼翼地挽起来。那动作看起来十分轻松惬意，完全不像是在做打架前的准备工作。

对面的几个人都有些搞不清楚状况，但几秒钟之后他们反应过来了，打算先下手为强。黄毛小子一招手，几个同伴摩拳擦掌走过来，这架势明显是要以多欺少。可是他们刚往前走了几步，谢奎便一伸手，阻止道："等等。"

几个人停下来，面面相觑。黄毛小子一脸不耐烦，吼道："你到底有完没完？是想救人，还是想惹事？"

谢奎笑出声，眯起眼睛回答："孩子，想要救人就必须惹事，不然你能让我把他们带走吗？放心。我既然站在这里，就没打算放过你们。送死何必着急？我突然想起来，这块表是上周末刚买的，万一不小心弄坏了，你们可赔不起。”说罢他小心翼翼地将左手手腕上的金表摘下来，放在一旁地上的外套上。

黄毛小子有种受辱的感觉，怒道：“这下你总该准备好受死了吧？”

“淘气。”谢奎笑得更灿烂了。可那笑容只短暂地停留了一秒钟，他便在所有人都没有准备的情况下，飞身蹿了上去。没错！是整个身体以难以想象的速度向那几个人冲去，站在最前面的黄毛小子脸颊上被狠狠揍了一拳之后，那几个不良少年才稍稍反应过来。但是即使反应过来也没有任何用处，因为谢奎的速度实在太快了，快到他们几乎跟不上他的动作，并且他的力道让人难以招架，把他比作“大力士”一点儿都不为过。每挨上一拳，倒地的人几乎都不能站起来。从他们那痛苦的神情就能看出，被打中的虽然不是要害，但因为力气很大，足以起到“致命”的作用。结果不难想象，在谢奎迅雷不及掩耳的速度之下，不到五分钟，刚刚还得意扬扬的一群人全部被撂倒在地。

紧接着便是他们的女朋友惊叫的声音。本来还和桃子扭打在一起的丫头，这会儿嘴巴都闭不上了，看着一步一步朝自己走过来的谢奎，脸上满是恐惧。

“你……你要干什么？”她结结巴巴地说着，颤抖着退到自己的同伴身边。

谢奎依旧微笑着。笑容不冷不热。

“放心，大白天我能干什么。你见过谁在公路上明目张胆地劫色？我只是想看看大名鼎鼎的展家少爷是不是还活着。”说完谢奎走到展千羽面前，一把将他拽起来。

桃子赶紧过来，虽然自己身上也有好多地方很痛，但她知道展千羽伤得比自己重得多，这会儿不知道他的意识是否还清醒。

“谢谢你。”她诚惶诚恐，真不知道是哪里冒出来的“救世主”。

谢奎漫不经心地指使她：“把我的衣服拿过来。”

桃子颠儿颠儿地跑过去，跑的时候觉得左边的小腿很痛，不知道是不是刚才被踢到了。幸好她拿了衣服过来的时候看到展千羽已经睁开了眼睛。

“你还好吧？”桃子高兴地询问。

展千羽吐了一口口水，里面夹杂着血，似乎嘴里面有出血的地方。他英俊的脸布满了淤青。刚刚被打的时候，他几乎连躲都不躲，任凭那几个家伙拳脚相加。也许是那一连串的殴打让他的脑子清醒了起来，虽然此时此刻显得狼狈，但脸上的表情至少已经没有了刚才求死的感觉。

他勉强动了动身体，摆脱谢奎的支撑。桃子不放心，还是上前扶住他。

“你可千万别谢我，展家大少爷要是开尊口，我承受不起。”谢奎调侃着，戴好自己的手表，将外套重新穿起来。

“我不认识你。”展千羽冷冷地说。

谢奎一摆手：“我认识你不就好了？举手之劳。”说完转身指了指自己的车。

展千羽朝车的方向看去，只见展晴雯冷着一张脸坐在里面。

“你是晴雯的朋友？”

“算是吧。”谢奎问，“能自己走吗？”

展千羽点头，目光却一直停留在不远处的车上。

“那我们就再会了。” 谢奎走了几步又停下来，他发挥自己有限的幽默感补充道，“当然，我指的不是再以这种方式。再见！”

“等等。你们这是要去哪儿？”

“我们？”谢奎笑着指了指自己，又指了指展晴雯，“我不过是充当司机加保镖的角色。别的事情恕我不方便透露，你应该了解展大小姐的脾气。”

展千羽不再说什么。谢奎的车路过他身边的时候，他透过车窗的玻璃看向展晴雯，不知道为什么，他总有一种说不清楚的错觉，或许他们会很长时间都无法再见吧，就如……蓝琦今日走掉时，他心底涌起的那种感觉。

“我陪你去医院。”

目送走谢奎和展晴雯，桃子搀扶着展千羽向白色的雪佛兰轿车走去。

展千羽摆摆手，挣脱她搀扶他的手：“没什么，不需要去医院。”

“可你看起来伤得很重，还是去看一下比较保险。”

“我说了不需要。”展千羽虽然平时看起来脾气很好的样子，但是执拗起来，谁也劝不动，不过这会儿他的气色似乎好了很多，像是被打得反而清醒了。

桃子转头看他，语重心长地说：“你真不该这样。虽然我也很难过，可是还不至于放弃生命。值得吗？”

“为了一个女人自然不值得。”展千羽坐在驾驶座位上，抽出纸巾擦着嘴角的血，“但是我有必须要抛弃的东西。”

“必须要抛弃的东西？”

展千羽平静地说：“你不会明白的。”

“不，我明白。可是有些东西从你一出生就注定了，你根本没办法抛弃。”桃子靠在座位靠背上，觉得今天格外疲惫，“例如你的身份。”

“就是这个。我讨厌‘展家少爷’这个称谓。”

“可偏偏这个是注定的。”

“我可以抛弃，离开展家，过隐姓埋名的新生活。”

桃子觉得好笑，这简直是在电视剧里才能看到的情节。她终于忍不住笑了起来。这一笑她才感觉自己的脸很痛，在镜子前照了照，原来脸颊上也有一大片淤青。

展千羽转头看了看她，随即发动车子。

“去哪儿？”桃子不经意地问。

“医院。”

“你不是说没关系，不用去医院吗？”

“可是你得去医院检查一下。”展千羽说得轻描淡写。或许这么多年，他真的再也没有关心过谁，展家也好，父母也好，晴雯这个妹妹也好，似乎在经历了那件事情之后，他的心就已经死去了，对谁都没有了感觉。如果想要重新开始，那么或许他应该让那颗冰冷的心重新跳动，学会如何有血有肉地生活。在这个时候，他应该关心她。严格说起来，她算是他的妹妹，也算是同病相怜。

桃子刚想说其实自己根本没受什么伤，展千羽已经一脚油门踩了下去。白色的雪佛兰轿车再次奔驰起来，不过这会儿已经没有了之前的暴躁不安。

事情虽然没有这么快过去，可事情总是要过去的。

展千羽深深地知道这一点。

去医院的路上，展千羽和桃子都没有再说什么。经过一个早上的折腾，两个人的情绪都稳定了下来。该经历的都经历了，该发泄的都发泄了，该走的走了，该留的也留下了。故事还得继续，日子还得这样过。剩下的就是必须要考虑和面对的一些事情了。

虽然说展千羽来医院的初衷是为了给桃子检查伤口。但是当护士小姐看到两个人的时候，还是果断地把展千羽先拉进了急诊室。从外表上来看，的确是他伤得更重一些。幸好都是一些无关大碍的皮外伤，简单地处理就可以了。

桃子坐在医院三楼的走廊里。她摸出口袋里的手机，犹豫着打开，发现没有任何未接电话或未读短信，或许她还在抱着那个美丽的幻想吧。安哲一是不会打电话来的，不管发生了什么事情，他那样带着蓝琦离开，就注定了他与她之间已经结束。这一切发生得太快太匆忙，到现在桃子都觉得那一定是一个可怕的噩梦。但是梦终究也是需要去面对的，如果醒来之后，一切如旧，那她又该如何是好呢？

她冰冷的指尖按下键盘上的数字，那串号码她是可以倒背如流的。手机里传来熟悉的声音，安哲一的电话关机了。

桃子突然觉得心里一阵难受，这个自己每次遇到危险或者难题时都可以打通的电话，会不会就这样一直没有了回应？

一直……一直……

会不会安哲一再也不会出现了，就这样在她的生活中完全消失了？所有的记忆都成为了水中花、镜中影，不复存在了？

想到这儿，她收紧了手指，连发白的指节都显露着一丝冰冷彻骨。她告诉自己不能哭，刚刚在车上还鼓起勇气说这些没什么，现在又怎么能脆弱得掉眼泪呢？尽管这样想着，可那滚烫的液体还是不争气地滑落，滴在她握着手机的手上。

就在这时，走廊里传来护士杂乱的脚步声。好几名护士都像是接到了什么指令一般，匆忙朝电梯方向奔去。桃子赶紧胡乱擦了擦眼泪，生怕自己狼狈脆弱的样子被人看到。她透过楼道里的窗子，隐约可以看到楼下有辆救护车停在了门口，并且还有两辆警车跟在后面。难道发生什么重大事故了吗？被这紧张的气氛感染，桃子忍不住站起来，下意识地朝楼下望去，只见刚刚匆忙跑下去的护士已经上前七手八脚地帮忙，救护车的车门打开，护士们从里面抬出一个担架，担架上躺着的人被一群人簇拥着，根本看不清楚样子，但是从周围人的神色上不难看出，此人似乎伤得很重。

“我们走吧。”展千羽不知道什么时候从病房里走出来，伸手拍了拍桃子的肩膀。因为一直聚精会神地看着窗外，桃子被这突然响起的声音吓了一跳。

见她有些出神，展千羽询问道：“没事吧。”

桃子赶紧摆摆手。回头一看，展千羽身上的伤已经被处理过了，显然护士小姐十分细心，连细小的伤口都消过毒了。见他没事，桃子也放下心来，于是应道：“我没事。咱们走吧。”

展千羽点头，颀长挺拔的身影显得格外疲惫，或许此时此刻他应该回家好好儿地睡一觉，等醒过来的时候，一切都能迎刃而解。蓝琦的事情让他太混乱了，直到现在为止，还有一些细节被他之前暴躁和绝望的情绪掩盖了起来。现在他需要冷静，需要好好儿地想一想，这整件事情到底是怎么一回事，假使这一切都是真实的，那么如今，孩子在哪儿？据展静说，当年孩子死了。可从蓝琦的表情上看又不像。

那么到底谁说的是真的，又是谁在说谎呢？

展千羽沉默地走向电梯口。

桃子低着头跟在他的后面，思绪并不平静。她也有很多事情没有想明白。和安哲一认识了这么多年，为什么一夜之间，他就会决定和蓝琦私奔？之前没有任何预兆，这不是太不靠谱了吗？不不不！她也同样需要冷静，这里面一定有哪里不对劲！真的有哪里不对劲！自从她进入展家之后，就发生了太多无法解释的事情。眼下桃子实在需要一个答案，可偏偏没有人可以给她。如果依靠自己的力量去寻找，她……行吗？

“叮咚”一声，电梯门打开了。

桃子还没来得及反应，刚刚送到的那个病人便被从里面推了出来，担架左右各有两个护士照看着。就在护士们路过身边的时候，桃子惊叫一声，终于看清楚了担架上躺着的人。

“怎么会是他！”

此刻展千羽也停下了脚步，眉头深锁了起来。显然他对宁浩也有很深的印象。只是从上次的打架事件之后，他们还没有机会再见面。没想到眼下会以这种方式见到他，以至于连展千羽的表情都有些惊讶。

“我要去看看。”桃子顾不上之前发生的事情，匆匆对展千羽打了一声招呼，转身追上那群簇拥着宁浩奔向手术室的护士。

好不容易她在手术室门口拦下了一名护士。

“不好意思，我是他的朋友。请问他出了什么事？”

“你真是他的朋友？”护士小姐面露喜色，“太好了！我们正急着联系他的家人。可是他的手机摔坏了，现在根本没有办法开机。他的身上也没有任何可以证明他身份的证件，警察也没有办法。你能帮忙联系到他的家人吗？他在山道上出了车祸，伤势非常严重，需要马上动手术，但是手术有一定的危险性，必须要家属签字。”

桃子听得目瞪口呆，没想到短短的时间内竟然会接连发生这么多糟糕的事情。想起昨天晚上，宁浩还和展晴雯在一起喝酒，昏暗的包间里，展晴雯自顾自唱歌的情形，以及宁浩独自一个人喝着闷酒的孤独身影仿佛就在眼前。为什么睡了一觉起来，整个世界就完全颠覆了！

“这……”虽然知道宁浩和安哲一是朋友，但是桃子从来没仔细问过宁浩家里的事情，甚至连他家住在哪儿都不清楚。这会儿安哲一的手机也关机了，要联系谁呢？

对了！展晴雯！

他们俩昨天不是在一起吗？后来又发生了什么事情？为什么刚刚看到晴雯的时候，她并没有异常，等等！和她在一起的人是谁？宁浩躺在这里，她却跟另外一个男子在一起，这到底是怎么一回事。

桃子赶紧打电话给展晴雯，可是电话打不通。天哪！他们这都是怎么了？集体失踪吗？偏偏这种时候全都联系不上。

护士小姐又过来催促：“怎么样？联系到他的家人了吗？我们现在只能在手术室里进行简单的急救，但想挽救他的生命，还是需要家属签字，并且手术费用也要及时支付，这是医院的制度。”

桃子焦急万分，赶紧回答："请先等一下。"虽然这样说，但此时她真是一点儿办法都想不出来，有可能知道宁浩背景的人一个都联系不到，手术又迫在眉睫。先不说手术签字，就是费用也要尽早交上去。怎么办？要怎么办才好？

一回头，桃子看到展千羽洁白的身影。

"你那还有没有钱？"

展千羽靠在走廊的墙壁上，其实就算桃子不问，他也一直在思考这个问题。上次在蓝琦家楼下遇到宁浩，虽然完全不清楚他到底是谁，可是从他对自己的态度上不难看出，他对他没有丝毫好感。并且他竟然和蓝琦同时出现，这又是一个大大的疑问。他们之间又有着什么样的联系呢？

"喂，你有没有听到？"这个时候他居然还在发愣，桃子走上前，摇了摇展千羽的手臂，"你在想什么啊？宁浩是我的朋友，现在的情况你也看到了，我必须帮他的忙。可是……我没有这么多钱，你能不能先借给我？"

"你说他叫宁浩？"展千羽紧皱着眉头发问。

桃子虽然觉得莫名其妙，但还是乖乖点了点头："是啊。怎么了？"

"他是什么人？把你知道的告诉我。"

"什么啊？"桃子被问蒙了，一时没有反应过来，"他能是什么人？他和安哲一是同学，就是普通人。"提到"安哲一"三个字，桃子还是觉得不太自然，心里面有难受的感觉，脸上的表情也变得暗淡了。

展千羽直起身子，转身朝电梯的方向走去，边走边掏出电话。很快电话接通了。

"是展少爷啊。这次又有什么需要我帮忙的吗？"对方的声音听起来格外圆滑。

“帮我调查一个叫宁浩的人，是个学生，资料很少。”

“没问题。”

“你干什么去啊？”桃子几步追上去，“我说的事情，你还没回答呢，到底行不行？”

“行。”展千羽示意桃子走进电梯，很快他们两个人一起到达一楼。在交费处询问到宁浩的病例，可惜的是，展千羽没能在这里知道更多关于宁浩的事情。

“谢谢。”看着把自己钱包里的金卡拿给护士的展千羽，桃子总算松了一口气。至少宁浩在医院里能够接受治疗了。不过事情只解决了第一步，接下来还是需要尽快找到他的家人。这个家伙为什么会在山道上出车祸呢？这真是太令人匪夷所思了。

“先生，对不起，您的卡已经被冻结，请您支付现金。”护士小姐很抱歉地抬起头，一脸微笑地对展千羽说道。

“冻结？”展千羽的脸色变得很难看。这是从来没有过的事情，难道是爸妈做的？因为自己和他们摊牌了，为了防止自己离开展家，所以他们将自己的卡冻结了？这样做未免太小瞧他了！

“怎么办？”桃子满脸焦急，刚刚才放下的心又提了上来。

展千羽想了想，安慰道：“没关系，我现在就回家去拿现金。你试着联系他的家人，另外找一找晴雯，或许她能提供有用的信息。”

“她的电话关机了。”

“关机？”

“刚才我打过了。”

事情变得更加棘手了。展千羽深吸一口气，让自己冷静下来，随后对桃子说：“好吧。我们先分头行动，到时候在医院会合。”

虽然心里很没底，但桃子还是点了点头。

从医院出来，已经临近中午了。暖融融的阳光有些刺眼，斑马线的两端不再如清晨那般拥挤，只是行人的神色依旧冷漠淡然。

展千羽驾车赶回家里。洁白如雪的衬衣已经沾满了灰尘，夹杂着几处血渍，此时他完全顾不上这些了。雪佛兰轿车一路飞奔。在前往展家别墅的这段时间，他一直在思考着到底出了什么事情，经历了早上蓝琦的决绝，还有什么将会发生呢？

展家宽敞的庭院里盛开着名贵的花。今天刚好是园丁来打理的日子。展千羽的车骤然停在门口，也许是因为他想事情分了神，差点儿撞上园丁的车。

用人闻声从门廊里走出来，看见展千羽，神色复杂地赶紧走了过来。

“少爷，您可回来了！出大事了！”

“出什么事了？”

今天到底是怎么了？好像所有灾难都商量好似的一同找上门。展千羽的脑子已经有些麻木了，但从用人的表情里他还是看出了什么，快步跟上她一起走进房间。

“少爷，快看看吧！”说罢，用人将客厅里的电视打开。

此刻展千羽才发现，几乎所有频道都在播放同一条重大新闻。

用人将频道定格。

“展氏财团出现财政危机，据知情人士透露，导致全球著名企业在一夜之间崩盘的原因是内部出现问题。”只见一个表情严肃的外景主持人正站在东海经贸大厦前，举着话筒对着摄像机滔滔不绝地发表着现场评论，在她的背后更有一大群记者蜂拥而至，场面格外热闹。门口的保安人员几乎全副武装，努力阻止疯狂的记者们冲进去，双方的对峙几乎发展到出现肢体冲突。

“什么时候的事？”展千羽瘫软在客厅的沙发上，他的脑中一片混乱，但是他努力让自己平静下来。这个时候已经不是简单的一句“离开展家”便能解决问题了，特别是出了如此严重的事情，他根本不可能离开这个家。展氏财团是展家几代辛辛苦苦创建的企业，它的名号在全球都已经打响，怎么会在一夜之间发生如此巨变呢？

不不不！现在断言未免尚早。这些媒体向来喜欢夸大其词，或许形势并没有他们报道的那样糟糕。

想到这儿，展千羽连忙拨打展静的电话，可惜里面传来无法接通的提示音。然后他拨打父亲莫涛的电话，结果相同。他们俩担任着展氏财团至关重要的职务，直接操纵集团的运营。现在两个人同时关机，那就证明报道所言并非空穴来风，一定是出了什么事情。

展千羽顾不上多想，连忙起身向外走。他现在必须马上找到展静和莫涛，他要知道展氏财团到底发生了什么事情。

用人在背后说着什么，展千羽一句话也没听进去。匆忙的身影奔向自己的白色雪佛兰轿车。

花町市最繁华的路段。

东海经贸大厦。

在周围耸立的高楼大厦中，属这一座最为华丽壮观。不论是整体装修还是内部装潢，全都是国际主流风格。

此刻，展静站在位于二十九楼的办公室窗前，一脸凝重。她做梦也没有想到，在最关键的时刻会出这样的事，而背叛她，将一切推向风口浪尖无法挽回地步的竟然是她最亲近、最信任的人。

咬人的狗果然从来都不叫。

她看着大厦下面密密麻麻的人群，无非是各大报纸、电视台的外景记者。如果不是刚刚采取措施及时，恐怕这会儿她已经被围追堵截在办公室门口了……

展静一拳捶在厚厚的落地窗玻璃上。痛的不是手，而是被生生背叛后的心。她真想从这里纵身跃下，抛开一切，忘记一切，再也不必面对这些该死的记者，该死的股东，该死的账目，和一切的不堪重负。可是展静不能，她深深明白自己这些年一直坚持的是什么，她不允许自己轻易倒下，更不允许自己轻易失败。

可是现在又有谁能帮帮她呢？这样的一个残局凭她一个人的力量要怎么收拾呢？

“咚咚咚”。

门外传来轻微的敲门声。紧接着秘书小姐纤细的身影走了进来。她气质高雅，此刻却稍显唯唯诺诺。或许刚刚展静发了很大的脾气，已经弄得一大群人成为了“惊弓之鸟”。

“不是说了，暂时不要打搅我吗！”

展静黑着一张脸，果然又把秘书吓到了。

在展氏财团里做事，真可以用“伴君如伴虎”来形容。特别是有“慈禧老佛爷”之称的展静，很多员工背地里都很怕她，但是表面上大家又不得不恭恭敬敬的。

秘书小姐忍不住向后退了一小步，用很小的声音为难地回答：“对不起，总经理，您的儿子来了，他要见您……”

“小羽？”展静沉思了一下，举步走回办公桌前，轻轻坐下，“让他进来吧。”

说实话，在这种时候，她实在不希望展千羽看到她狼狈的样子，特别是要怎么跟他讲呢？这样的突变，这样的一个残局，对于展家来说几乎是毁灭性的，可这件事情又能隐瞒多久呢？瞒是瞒不下去的吧？用不了多久，报纸、电视、杂志恐怕随处都可以看到这个重大消息——“大名鼎鼎的展氏财团出现财政危机，恐有被收购的危险。之前毫无预兆，没有一点儿风声透露出来，几乎一夜之间天崩地裂。”

这种时候要怎么扭转乾坤？

“妈。”展千羽轻唤了一声，走进房间。

展静一愣：“小羽，你怎么这身打扮？”

展千羽几步走到办公桌前，冷着一张俊脸问道：“先不说这些，电视上报道的都是真的吗？展氏财团到底出现了什么财政危机？”

展静的脸色越发难看，提起这个，她就像喉咙里有一只苍蝇一般难以下咽。二十几年来她都在精心地计算着，没想到最后却输在了身边人的背叛。果然在这个世界上，谁都不可以相信，没有人是可以完全信任的。

“小羽，这些不是你该操心的事情，乖乖回去，公司的事情我会处理。”

“妈！”展千羽将双手用力地撑在桌子上，巨大的声响让展静为之一愣，“这种时候爷爷不在，恐怕这个消息很快就会传到国外去。你以为你能隐瞒得了什么？你总是口口声声说以后展氏财团是要交到我手上的，难道现在自己的家族产业出现了什么问题，我都没有资格知道吗？”

“是。这些以后都是要由你继承的。小羽，你放心。妈妈之所以这样做，一直都是为了你……”说着，展静的声音哽咽了起来，一股心酸和委屈涌上心头。但她还是极力克制着，不愿意在儿子面前表现出脆弱。特别是这种时候，她更应该勇敢，更应该冷静，现在不是哭的时候！

“我才不稀罕这些。我只想知道，爷爷辛苦创下的产业到底出了什么问题。我不想他老人家一辈子努力拼搏来的产业都付诸东流。”展千羽斩钉截铁地说完，绕过桌子走到展静面前，面色凝重，仿佛这一天的时间，让他明白和清醒了许多，“妈，到底出了什么事？爸呢？”

“不要在我面前提那个浑蛋！”一股深恶痛绝的怨恨之气伴随着展静的话语喷涌而出。她觉得自己的心口处有什么东西要迸发出来了，那张卑鄙无耻的嘴脸再次出现在她的脑海中。

就在昨天晚上，当公司传来紧急消息，东窗事发的时候，莫涛终于撕下了那张人皮面具，露出了本来面目，他奸笑着，得意着。展静才明白原来这二十多年睡在自己身边的是一只狼。

展千羽隐约觉察到了什么，棱角分明的脸上露出一丝惊讶与痛苦的表情：“不，妈，是不是哪里搞错了。”

“是他亲口承认的！就是那个浑蛋！他处心积虑，早就计划好了要把展氏财团占为己有。这么多年我真是小看他了！原来他根本不甘心做我们展家的上门女婿，他根本不甘心！”展静痛恨自己，更痛恨莫涛，她一边说一边把桌子上的文件一股脑地拨到地上，显然已经情绪失控了。

“妈，你冷静一下！”展千羽赶紧上前抱住展静。

展静大口喘着气，泪水终于决堤而下。

她再坚强，终究是个女人。

就在这时，办公室的门“哐当”一声被狠狠地推开了，伴随着秘书小姐慌乱的声音走进来几个西装笔挺的人。

“对不起，对不起，总经理现在不见客，请你们出去……”

为首的莫涛早已不是以前的那副模样，此刻他脸上趾高气扬的神情是展千羽出生以来第一次见到，显得那么陌生。

“什么总经理，这个办公室很快就要换人来用了。哈哈哈……”莫涛仰头大笑。

“你……你这个浑蛋！畜生！你忘恩负义！你不是东西！”展静几乎疯狂，根本不再顾及自己的形象，完全失去了理智。她挣脱展千羽，像马路边上吵架的泼妇一般扑向莫涛，还没靠近，就被站在莫涛身后的两个保镖打扮的人拦住。他们出手很重，根本不顾展静的身份。

展千羽大喊着："放开我妈！"随即也冲了过去，"爸，你到底做了什么？你跟妈是怎么回事？"

"那你要好好儿问问她，这二十多年，她有没有当我是她老公，有没有当我是展家的人！哼！"莫涛提及这些，脸上的表情同样是恨，"说得好听点儿我是入赘展家，其实不过是听候差遣的奴才！挂着个虚名，什么事情都要经过老爷子和这只母老虎同意！别人都在背后笑话我的无能，我的懦弱，你们以为我什么都不知道吗？"

"爸！你想多了，我们是一家人！"

"你们姓展，我姓什么？"

"姓什么重要吗？你现在什么都不缺……"

莫涛冷漠地打断展千羽的话："我缺！我最缺少的就是做人的尊严！在展家，我根本没有尊严！事情做得满意就赏我几句好听的，事情办砸了，想骂就骂，说翻脸就翻脸。谁把我当成过自己人？我不过是个用人！"

"莫涛，你就是个浑蛋！你……"展静还在咒骂着，姣好的面容上的妆全花了。

展千羽拼命抱住自己的母亲，可面对父亲的无情与决绝，他毫无办法应对。

他刚刚经历了感情上的挫折，如今事情还没过去多久，他就这样站在这里，听着自己的父母相互咒骂埋怨，并且将一场家庭战争演变成了展氏财团的商业巨变。这让他如何面对？

"我被你骂够了！"莫涛双手插进口袋里，目光透过镜片，异常凌厉，"我现在站在这儿，就是要向你证明，我才是真正的赢家！就算现在老爷子回来也没有任何办法。用不了多久，展氏财团就会被我名下的公司完全收购，我们现在已经在拼命吸纳展氏财团的股票，还有一个星期就要召开股东大会了。展静，你这个垂帘听政的‘慈禧老佛爷’终于要下台了！你认输吧！”

“我不会认输的！我绝不认输！你拿不走我们展家一毛钱！”

莫涛根本不管展静如何疯狂地向他怒吼，毅然决然地扬长而去。

安哲一朦胧中觉得自己的后脑勺有些疼。他想伸手去摸，却发现自己的手脚都被捆绑了起来，并且眼睛被戴上了眼罩。他勉强支撑起身子，用仅有的感觉感受了一下周围，很安静。

“蓝琦，你在吗？”

很久都没有人回答，于是安哲一开始像蚕蛹一样挪动身体，试着寻找蓝琦。他不知道自己被关在了哪里。就在不久之前，他跟随蓝琦一起离开小区，但车子没开多久，他们就被莫名其妙地“袭击”了。

当时是在去机场的路上，他们的车子开到一个岔路口的时候，周围人烟稀少，这时一辆车猛地从小路上冲了出来，失控一样拼命撞向他们的车子。尽管蓝琦猛打方向盘，奋力闪躲，可因为实在突然，还是被撞了个正着。他还没来得及看清楚对方是谁，车子上就下来几个魁梧的壮汉，三两下就把蓝琦从车子里拉了出去。安哲一想制止，但后脑勺不知道被谁狠狠地敲了一下，一瞬间，他失去了知觉……

再醒过来的时候，就是眼前的这一幕。

突然，安哲一感觉门开了。

一个男人的声音响了起来："看到了吧？我说过，他没事。我不会伤害你朋友的。蓝心，你逃不出我的手掌心，现在你总该明白这一点了，是不是？乖乖地回来吧。只要你答应我，我可以让你呼风唤雨。这样难道不好吗？"

"放开你的脏手！"

安哲一听到蓝琦挣扎的声音，显然她就在离自己很近的地方，可是难道是自己听错了吗？那人叫的是"蓝心"……

"蓝琦，是你吗？"安哲一试着叫了一声。

"是我！你放心，我马上叫他们放了你！"

"到底出了什么事？"安哲一实在讨厌被捆得像个肉粽似的。

可是对于外界来说，他没有任何绑架价值。一个孤儿，靠在酒吧里打工来维持自己的生活以及赚取学费。谁会绑架这样的人？那么事情就很明朗了，对方是冲着蓝琦来的。难道蓝琦匆匆忙忙逃走，就是因为刚刚说话的人吗？

可恶！安哲一被绑住手脚，完全不能动弹，而且眼睛也被蒙上了眼罩，什么都看不到。他这个样子狼狈极了。幸好他们没把他的嘴堵上。

"喂，蓝琦，他们到底是什么人？为什么要绑架我们？"

"小子！你叫她蓝琦？"那个男人发出几声怪笑，"有意思，蓝心，你果然是只小野猫。你的复仇计划我来帮你实施。"

"原野，不关你的事！你给我滚开！"

"别这么不近人情。我可是大老远飞回来找你的。当初你就那样不辞而别，害我差点儿得了相思病。对了，宁浩呢？我的好兄弟，我正想念他呢！"

安哲一觉得自己被彻底搞糊涂了。这个叫原野的家伙到底是什么人？他一直口口声声叫蓝琦为蓝心，还说认识宁浩，但是从之前蓝琦躲避的态度上来看，在找他们的人不可能是这副玩世不恭的样子，并且蓝琦一直都不肯透露，只顾着拼命逃离。可这会儿又发生了什么状况？

安哲一被卷入了一场完全意料之外的事件，而他在这里面又将扮演什么样的角色呢？

展千羽走后不久，在手术室里的医生又找到桃子，说明宁浩现在的状况十分危险，需要立刻动手术。而桃子发现自己犯了一个很白痴的错误，她没有展千羽的电话号码。她很想告诉他现在的情况，让他及时把手术费送来。另外一方面自己又毫无办法联系到宁浩的家属，再不动手术宁浩就很危险了。

桃子急得像热锅上的蚂蚁。她匆匆奔出医院的时候，根本没有顾得上看红绿灯，没注意到红灯亮起，一下子冲上了马路，一个踉跄摔倒在地上。对面的车几乎擦着她的身子歪向了石阶。

“你没事吧？”

桃子觉得自己今天倒霉极了，一下子遇到了很多很多倒霉的事情，但是刚想说什么，一仰脸，又顿时觉得老天对她还是不错的。

“你……你不就是……”桃子激动得几乎热泪盈眶。

差点儿撞到她的人竟然是刚刚救自己和展千羽的那个男生。她并不是高兴再次见到他，只是展晴雯在他的车子里，遇到他就证明……

桃子一抬头，刚露出来的笑容就烟消云散了。

谢奎的车子里空荡荡的什么都没有。

桃子赶紧爬起来，一把抓住谢奎的袖子，拼命问道："晴雯呢？她不是和你在一起吗？快点儿告诉我啊！我有事情找她！非常紧急的事情！"

看着这个叽里呱啦乱叫的女孩子，谢奎觉得好笑。说实话，他对她完全没有印象。救人那事早已被他抛到九霄云外了。

"你是？"

"啊！"桃子的下巴都快掉到地上了，"刚刚在公路上，你打倒那几个坏家伙，我和展千羽在一起，你……你怎么回事啊？你失忆了吗？"

桃子急得都快掉眼泪了。这会儿可不是开玩笑的时候啊，难道是自己着急认错人了？

谢奎一拍脑门："哎呀！对对对……是你啊。你叫什么？"

"别管我叫什么了！晴雯呢？"

谢奎摇摇头，带着坏坏的笑回答："不能说。"

"啊！"桃子又大叫一声，"你怎么搞的啊！我没在和你开玩笑，我真的找她有事情。出了很大的事，偏偏她的手机又打不通。她刚刚明明和你在一起。"

谢奎摊开双手，虽然对于她说的非常紧急的事情并不怀疑，但是他向来是慢条斯理的人，最见不得人暴躁猴急，于是谢奎还是决定按照自己的牌理出牌。

"你看到了，现在她并不和我在一起。"

"那……那你把她送去哪里了？"

"不能说。"

“拜托！我真的没在和你开玩笑！”桃子都想给这位“大神”跪下了，他到底知不知道自己在说什么啊？

“我是要找她救人的！宁浩出事了！真的出事了！”

“宁浩？”谢奎的脸上终于有了一丝认真的表情，要知道他对这两个字才是最敏感的，“那家伙出什么事情了？”

于是桃子原原本本的将事情说了一遍。当然始末她也并不清楚，但宁浩现在的确躺在医院的手术室里。这才是重点。最后她再次很诚恳地询问：“大哥，晴雯到底在哪里啊？”

“不——能——说！”谢奎回答得斩钉截铁，可这次他并没有带着笑容。话音落下的一秒钟之后，他像拎一只小猫一样将桃子拎回了医院，然后毅然决然地交了手术费以及……在手术通知单上签了名。

花町市，在这一天里，似乎很多事情都一如既往。但是对于有的人来说，已经天翻地覆了。只有经历了这些，才能算是完整的人生。

宁浩躺在冰冷的手术台上，竟然是由谢奎无关紧要地在关系他生死的手术通知单上签上了自己的名字。

桃子不知道宁浩是否能够安然无恙，但她此时此刻很想念那个令她伤心欲绝的人。

晴雯将手机卡丢进机场的垃圾桶里。她决定要报复宁浩，但是她不知道这样做，是否把自己也深深地伤害了。在飞机起飞的那一刻，她的泪水终于决堤而下。

展千羽坐在偌大的办公室内，看着蜷缩在沙发一角的展静。展家的明天是否注定不复存在？到底要怎么样才能扭转一切。他这个未来的继承人在一小时前还决定要离开展家，而现在，他必须留下，收拾一切，收拾残局。为什么老天要这样捉弄他？

安哲一依旧像粽子一样被捆绑在陌生的房间里。

蓝琦，不，蓝心还不知道宁浩已经奄奄一息。她到底是谁？到了这一刻，恐怕连她自己都无法摘下那副面具了。

花町市，还藏着很多很多故事。

故事将继续……